LA DANSEUSE DU GAI-MOULIN

GEORGES SIMENON

La Danseuse du Gai-Moulin

PRESSES DE LA CITÉ

1

Adèle et ses amis

— Qui est-ce ?...

— Je ne sais pas ! C'est la première fois qu'il vient, dit Adèle en exhalant la fumée de sa cigarette.

Et elle décroisa paresseusement les jambes, tapota ses cheveux sur les tempes, plongea le regard dans un des miroirs tapissant la salle pour s'assurer que son maquillage n'était pas défait.

Elle était assise sur une banquette de velours grenat, en face d'une table supportant trois verres de porto. Elle avait un jeune homme à sa gauche, un jeune homme à droite.

— Vous permettez, mes petits ?...

Elle leur adressa un sourire gentil, confidentiel, se leva et, balançant les hanches, traversa la salle pour s'approcher de la table du nouvel arrivant.

Les quatre musiciens du jour, sur un signe du patron, ajoutaient leur voix à celle des instruments. Un seul couple dansait : une femme attachée à la maison et le danseur professionnel.

Et c'était, comme presque tous les soirs, une impression de vide. La salle était trop grande. Les miroirs appliqués sur les murs prolongeaient encore des perspectives que ne coupaient que les banquettes rouges et le marbre blafard des tables.

Les deux jeunes gens, qui n'avaient plus Adèle entre eux, se rapprochèrent.

— Elle est charmante ! soupira Jean Chabot, le plus jeune, qui affectait de regarder vaguement la salle entre ses cils mi-clos.

— Et quel tempérament ! renchérit son ami Delfosse, qui s'appuyait sur un jonc à pomme d'or.

Chabot pouvait avoir seize ans et demi. Delfosse, plus maigre, mal portant, les traits irréguliers, n'en avait pas plus de dix-huit. Mais ils auraient protesté avec indignation si on leur eût dit qu'ils n'étaient pas blasés de toutes les joies de la vie.

— Hé ! Victor !...

Chabot interpellait familièrement le garçon qui passait.

— Tu connais le type qui vient d'arriver ?

— Non ! Mais il a commandé du champagne...

Et Victor, s'accompagnant d'une œillade :

— Adèle s'occupe de lui !

Il s'éloigna avec son plateau. La musique se tut un instant, pour reprendre sur un rythme de boston. Le patron, à la table du client sérieux, débouchait lui-même la bouteille de champagne dont il cravatait le col d'une serviette.

— Tu crois qu'on fermera tard ? questionna Chabot dans un souffle.

— Deux heures... deux heures et demie... comme toujours !...

— On reprend quelque chose ?

Ils étaient nerveux. Le plus jeune surtout, qui regardait chacun tour à tour avec des prunelles trop fixes.

— Combien peut-il y avoir ?

Mais Delfosse haussa les épaules, trancha avec impatience :

— Tais-toi donc !

Ils voyaient Adèle, presque en face d'eux, assise à la table du client inconnu qui avait commandé du champagne. C'était un homme d'une quarantaine d'années, aux cheveux noirs, à la peau mate, un Roumain, un Turc ou quelque chose d'approchant. Il portait une chemise de soie rose. Sa cravate était plantée d'un gros brillant.

Il ne s'inquiétait guère de la danseuse qui lui parlait en riant et en se penchant sur son épaule. Quand elle lui demanda une cigarette, il lui tendit un étui en or et continua à regarder devant lui.

Delfosse et Chabot ne parlaient plus. Ils feignaient de considérer l'étranger avec dédain. Et pourtant ils admiraient, intensément ! Ils ne perdaient pas un détail. Ils étudiaient la façon dont la cravate était nouée, la coupe du complet et jusqu'aux gestes du buveur de champagne.

Chabot portait un costume de confection, des chaussures qui avaient été deux fois ressemelées. Les vêtements de son ami, d'un meilleur tissu, n'allaient pas. Il est vrai que Delfosse avait des épaules étroites, une poitrine creuse, une silhouette indécise d'adolescent trop poussé.

— Encore un !

La tenture de velours doublant la porte d'entrée s'était soulevée. Un homme tendait son chapeau melon au chasseur, restait un moment immobile à faire des yeux le tour de la salle. Il était grand, lourd, épais. Son visage était placide et il n'écouta même pas le garçon qui voulait lui conseiller une table. Il s'assit n'importe où.

— De la bière ?

— Nous n'avons que la bière anglaise... Stout, pale-ale, scotch-ale ?...

Et l'autre haussa les épaules pour signifier que cela lui était parfaitement égal.

Il n'y eut pas plus d'animation qu'auparavant, ni que tous les autres soirs. Un couple sur la piste. Le jazz qu'on finissait par ne plus entendre que comme un bruit de fond. Au bar, un client tiré à quatre épingles qui faisait un poker d'as avec le patron.

Adèle et son compagnon, qui ne s'occupait toujours pas d'elle.

L'atmosphère d'une boîte de nuit de petite ville. A certain moment, trois hommes éméchés soulevèrent la tenture. Le patron se précipita. Les musiciens firent l'impossible. Mais ils partirent et on entendit s'éloigner des éclats de rire.

A mesure que le temps passait, Chabot et Delfosse devenaient plus graves. On eût dit que la fatigue burinait leurs traits, donnait à leur peau une vilaine teinte plombée, creusait le cerne de leurs paupières.

— Tu crois, dis ? questionna Chabot, si bas que son compagnon devina plutôt qu'il entendit.

Pas de réponse. Un tambourinement des doigts sur le marbre de la table.

Appuyée à l'épaule de l'étranger, Adèle adressait parfois une œillade à ses deux amis, sans perdre l'air câlin et enjoué qu'elle avait adopté.

— Victor !

— Vous partez déjà ?... Un rendez-vous ?...

Comme Adèle se faisait câline, il se faisait mystérieux, excité.

— On réglera demain avec le reste, Victor ! Nous n'avons pas de monnaie...

— Bien, messieurs !... Bonsoir, messieurs !... Vous sortez par là ?...

Les deux jeunes gens n'étaient pas ivres. Et pourtant ils accomplirent leur sortie comme dans un cauchemar, sans rien voir.

Le *Gai-Moulin* a deux portes. La principale s'ouvre sur la rue du Pot-d'Or. C'est par là que les clients entrent et sortent. Mais, après deux heures du matin, quand, selon les règlements de police, l'établissement devait être fermé, on entrouvre une petite porte de service sur une ruelle mal éclairée et déserte.

Chabot et Delfosse traversaient la salle, passaient devant la table de l'étranger, répondaient au bonsoir du patron, poussaient la porte des lavabos. Là, ils s'arrêtèrent quelques secondes, sans se regarder.

— J'ai peur... balbutia Chabot.

Il se voyait dans une glace ovale. Le jazz étouffé les poursuivait.

— Vite ! fit Delfosse en ouvrant une porte et en découvrant un escalier noir où régnait une fraîcheur humide.

C'était la cave. Les marches étaient en brique. Il venait d'en bas une écœurante odeur de bière et de vin.

— Si quelqu'un arrivait !

Chabot faillit trébucher parce que la porte se refermait et supprimait du coup toute lumière. Ses mains tâtèrent le mur couvert de salpêtre. Quelqu'un le frôla et il tressaillit, mais ce n'était que son ami.

— Ne bouge plus ! commanda celui-ci.

On n'entendait pas la musique à proprement parler. On la devinait. On percevait surtout la vibration des coups de grosse caisse. C'était un rythme épars dans l'air, qui évoquait la salle aux banquettes grenat, les verres entrechoqués, la femme en rose qui dansait avec son compagnon en smoking.

Il faisait froid. Chabot sentait l'humidité le pénétrer et il dut se retenir d'éternuer. Il se passa la main sur sa nuque glacée. Il entendait la respiration de Delfosse. Chaque souffle lui envoyait des relents de tabac.

Quelqu'un vint au lavabo. Le robinet fonctionna. Une pièce de monnaie tomba dans la soucoupe.

Il y avait encore le tic-tac d'une montre dans la poche de Delfosse.

— Tu crois qu'on pourra ouvrir ?...

L'autre lui pinça le bras, pour le faire taire. Ses doigts étaient tout froids.

Là-haut, le patron devait commencer à interroger l'horloge avec impatience. Quand il y avait du monde et de l'entrain, il ne regardait pas trop à dépasser l'heure et à risquer les foudres de la police. Mais, quand la salle était vide, il devenait soudain respectueux des règlements.

— Messieurs, on va fermer !... Il est deux heures !

Les jeunes gens, en bas, n'entendaient pas.

Mais ils pouvaient deviner minute par minute tout ce qui se passait. Victor encaissant, venant ensuite au bar faire ses comptes avec le patron, tandis que les musiciens remettaient les instruments dans les gaines et qu'on habillait la grosse caisse d'une lustrine verte.

L'autre garçon, Joseph, entassant les chaises sur les tables et ramassant les cendriers.

— On ferme, messieurs !... Allons, Adèle !... Pressons-nous !...

Le patron était un Italien râblé, qui avait servi dans les bars et les hôtels de Cannes, de Nice, de Biarritz et de Paris.

Des pas, au lavabo. C'est lui qui vient tirer le verrou de la petite porte accédant à la ruelle. Il donne un tour de clef, mais laisse celle-ci dans la serrure.

Ne va-t-il pas, machinalement, fermer la cave, ou bien y jeter un coup d'œil ? Il marque un temps d'arrêt. Il doit être occupé à rectifier devant la glace la raie de ses cheveux. Il tousse. La porte de la salle grince.

Dans cinq minutes, ce sera fini. L'Italien, resté le dernier, aura baissé les volets de la devanture et, de la rue, fermera la dernière issue.

Or, il n'emporte jamais toute la caisse. Il ne glisse dans son portefeuille que les billets de mille francs. Le reste est dans le tiroir du bar, un tiroir dont la serrure est si fragile qu'il suffit d'un bon canif pour la faire sauter.

14

Toutes les lampes sont éteintes.

— Viens !... murmure la voix de Delfosse.

— Pas encore... Attends...

Ils sont maintenant seuls dans tout le bâtiment et pourtant ils continuent à parler bas. Ils ne se voient pas. Chacun sent qu'il est blême, qu'il a la peau tirée, les lèvres sèches.

— Si quelqu'un était resté ?

— Est-ce que j'ai eu peur quand il s'agissait du coffre de mon père ?

Delfosse est hargneux, quasi menaçant.

— Il n'y a peut-être rien dans le tiroir.

C'est comme un vertige. Chabot se sent plus malade que s'il avait trop bu. Maintenant qu'il a pénétré dans cette cave, il n'a plus le courage d'en sortir. Il serait capable de s'effondrer sur les marches et d'éclater en sanglots.

— Allons-y !...

— Attends ! Il pourrait revenir sur ses pas...

Cinq minutes passent. Puis encore cinq minutes, parce que Chabot essaie par tous les moyens de gagner du temps. Son soulier est délacé. Il le rattache, sans rien voir, parce qu'il a peur de tomber et de déclencher un vacarme.

— Je te croyais moins lâche... Allons ! Passe...

Car Delfosse ne veut pas sortir le premier. Il pousse son compagnon devant lui de ses mains qui tremblent. La porte de la cave est ouverte.

Un robinet coule dans le lavabo. Cela sent le savon et le désinfectant.

Chabot sait que l'autre porte, celle qui ouvre sur la salle, va grincer. Il attend ce grincement. Et pourtant il en a le dos glacé.

Dans l'obscurité, c'est vaste comme une cathédrale. On sent un vide immense. Des bouffées de chaleur suintent encore des radiateurs.

— De la lumière !... souffle Chabot.

Delfosse flambe une allumette. Ils s'arrêtent une seconde, pour reprendre haleine, pour mesurer le chemin à parcourir. Et soudain l'allumette tombe, tandis que Delfosse pousse un cri perçant et qu'il s'élance vers la porte des lavabos. Dans le noir il ne la trouve pas. Il revient sur ses pas, heurte Chabot.

— Vite !... Partons !...

Ce sont plutôt des sons rauques.

Chabot, lui aussi, a aperçu quelque chose. Mais il a mal distingué... Comme un corps étendu sur le sol, près du bar... Des cheveux très noirs...

Ils n'osent plus bouger. La boîte d'allumettes est par terre, mais on ne la voit pas.

— Tes allumettes !...

— Je n'en ai plus...

L'un d'eux heurte une chaise. L'autre questionne :

— C'est toi ?...

— Par ici !... Je tiens la porte...

Et le robinet coule toujours. C'est déjà un apai-

sement. C'est une première étape vers la déli-
vrance.

— Si on faisait de la lumière ?

— Tu es fou ?...

Les mains tâtonnent, cherchent le verrou.

— Il est dur...

Des pas, dans la rue. Ils ne bougent plus. Ils
attendent. Des bribes de phrase :

— ... moi je prétends que si l'Angleterre
n'avait pas...

Les voix s'éloignent. Ce sont peut-être les
agents qui discutent politique.

— Tu ouvres ?

Mais Delfosse n'est plus capable d'un geste. Il
s'est adossé à la porte et tient sa poitrine hale-
tante à deux mains.

— ... il avait la bouche ouverte... bégaie-t-il.

La clef tourne. De l'air. Des reflets d'un réverbère sur les pavés de la ruelle. Ils ont tous les
deux envie de courir. Ils ne pensent même pas à
refermer la porte.

Mais là-bas, au tournant, c'est la rue du Pont-
d'Avroy, où il passe du monde. Ils ne se regardent
pas. Il semble à Chabot que son corps est vide,
qu'il esquisse des mouvements mous dans un uni-
vers de coton. Les bruits eux-mêmes viennent de
très loin.

— Tu crois qu'il est mort ?... C'est le Turc ?

— C'est lui !... Je l'ai reconnu... Sa bouche
ouverte... Et un œil...

— Que veux-tu dire ?

— Un œil était ouvert, l'autre fermé.

Et, rageur :

— J'ai soif !

Ils sont rue du Pont-d'Avroy. Tous les cafés sont fermés. Il ne reste d'ouvert qu'une friture où l'on sert des bocks, des moules, des harengs au vinaigre et des pommes frites.

— On y va ?

Le cuisinier tout en blanc active ses feux. Une femme qui mange, dans un coin, adresse un sourire engageant aux deux amis.

— De la bière !... Et des frites !... Et des moules !...

Et voilà qu'après cette première portion, ils en recommandent. Ils ont faim. Une faim extraordinaire. Et ils en sont déjà à leur quatrième bock !

Ils ne se regardent toujours pas. Ils mangent farouchement. Dehors, c'est l'obscurité, avec de rares passants qui marchent vite.

— Cela fait combien, garçon ?

Une nouvelle terreur. Auront-ils à eux deux assez d'argent pour payer leur souper ?

— ... sept et deux cinquante et trois et soixante et... dix-huit septante-cinq !...

Il reste juste un franc pour le pourboire !

Les rues. Les volets clos des magasins. Les becs de gaz et dans le lointain les pas d'une ronde d'agents. Les deux jeunes gens traversent la Meuse.

Delfosse ne dit rien, regarde fixement devant lui, l'esprit si loin des réalités du moment qu'il ne s'aperçoit pas que son ami lui parle.

Et Chabot, pour ne pas rester seul, pour prolonger le côte à côte rassurant, va jusqu'à la porte d'une maison confortable, dans la plus belle rue du quartier.

— Refais un bout de chemin avec moi... implore-t-il alors.

— Non... Je suis malade...

C'est le mot. Malades, ils le sont tous les deux. Chabot n'a fait qu'apercevoir le corps un instant, mais son imagination travaille.

— C'était bien le Turc ?

Ils l'appellent le Turc faute de savoir. Delfosse ne répond pas. Il a introduit sans bruit sa clef dans la serrure. On aperçoit dans la pénombre un large corridor orné d'un porte-parapluies de cuivre.

— A demain...

— Au *Pélican* ?...

Mais la porte bouge déjà, va se refermer. C'est maintenant un vertige. Etre chez soi, dans son lit ! Est-ce qu'alors ce n'en sera pas fini de cette histoire ?

Et voilà Chabot tout seul dans le quartier désert, à marcher vite, à courir, à hésiter aux angles des rues et à s'élancer comme un fou. Place du Congrès, il fuit les arbres. Il ralentit le pas parce qu'il devine un passant au loin. Mais l'inconnu prend une autre direction.

Rue de la Loi. Des maisons à un étage. Un seuil.

Jean Chabot cherche sa clef, ouvre, tourne le commutateur électrique, marche vers la cuisine à porte vitrée où le feu n'est pas tout à fait éteint.

Il doit retourner sur ses pas parce qu'il a oublié de refermer la porte d'entrée. Il fait chaud. Il y a un papier sur la toile cirée blanche de la table et quelques mots au crayon :

Tu trouveras une côtelette dans le buffet et un morceau de tarte dans l'armoire. Bonne nuit.

Père.

Jean regarde tout ça avec abrutissement, ouvre le buffet, aperçoit la côtelette dont la seule vue lui soulève le cœur. Sur le meuble, un petit pot avec une plante verte qui ressemble à du mouron.

C'est que la tante Maria est venue ! Quand elle vient, elle apporte toujours une plante quelconque. Sa maison du quai Saint-Léonard en est pleine. Et elle donne, par surcroît, de minutieux conseils sur la façon de les soigner.

Jean a éteint. Il monte l'escalier, après avoir retiré ses chaussures. Il passe, au premier, devant les chambres des locataires.

Au second, ce sont des pièces mansardées. De la fraîcheur filtre du toit.

Au moment où il atteint le palier, un sommier

grince. Quelqu'un est éveillé, son père ou sa mère. Il ouvre sa porte.

Mais une voix vient de loin, étouffée :

— C'est toi, Jean ?...

Allons ! Il faut qu'il aille dire bonsoir à ses parents. Il entre chez eux. L'atmosphère est moite. Il y a déjà des heures qu'ils dorment.

— Il est tard, non ?...

— Pas trop...

— Tu devrais...

Non ! Son père n'a pas le courage de le gronder. Ou bien il devine que cela ne servirait de rien.

— Bonsoir, fils...

Jean se penche, embrasse un front humide.

— Tu es glacé... Tu...

— Il fait frais dehors...

— As-tu trouvé la côtelette ?... C'est tante Maria qui a apporté la tarte...

— J'avais mangé, avec mes amis...

Sa mère se retourne, dans son sommeil, et son chignon croule sur l'oreiller.

— Bonne nuit...

Il n'en peut plus. Dans sa chambre, il ne fait même pas de lumière. Il jette son veston au hasard et il s'étend sur son lit, enfonce la tête dans l'oreiller.

Il ne pleure pas. Il ne pourrait pas. Il cherche son souffle. Et tous ses membres tremblent, tout son corps est agité de grands frissons comme s'il couvait une grave maladie.

Il voudrait seulement ne pas faire grincer le sommier. Il voudrait éviter le hoquet qu'il sent monter dans sa gorge, parce qu'il devine son père, qui ne dort presque pas, couché dans la chambre voisine, l'oreille tendue.

Une image grandit dans sa tête, un mot résonne, se gonfle, prend des proportions monstrueuses au point que tout cela va l'écraser : le Turc !...

Et cela grouille, cela pèse, cela l'étouffe, le serre de partout jusqu'à ce que la fenêtre à tabatière déverse du soleil tandis que le père de Jean, debout au pied du lit, murmure avec la crainte d'être trop sévère :

— Tu ne devrais pas faire ça, fils !... Car tu as encore bu, n'est-ce pas ?... Tu ne t'es même pas déshabillé !...

Et l'odeur du café, des œufs au lard monte du rez-de-chaussée. Des camions passent dans la rue. Des portes claquent. Un coq chante.

2

La petite caisse

Jean Chabot, les coudes sur la table, repoussa son assiette et garda le regard rivé à la petite cour qu'on apercevait à travers le tulle des rideaux et dont le badigeon blanc ruisselait de soleil.

Son père l'observait à la dérobée, tout en mangeant, essayait de créer un semblant de conversation.

— Tu ne sais pas si c'est vrai que le gros immeuble de la rue Féronstrée doit être mis en vente ? Quelqu'un me l'a demandé hier, au bureau. Tu devrais peut-être te renseigner...

Mais Mme Chabot qui, elle aussi, épiait son fils, sans cesser de préparer les légumes pour la soupe, intervint.

— Alors, tu ne manges pas ?

— Je n'ai pas faim, mère.

— Parce que tu as encore été soûl cette nuit, je parie ! Avoue-le !

— Non.

— Si tu crois que cela ne se voit pas ! Tu as les yeux tout rouges ! Et un teint de papier mâché ! C'est bien la peine de faire l'impossible pour te donner des forces ! Allons ! mange au moins les œufs...

Pour une fortune, Jean en aurait été incapable. Il avait la poitrine serrée. Et l'atmosphère quiète de la maison, son odeur de lard et de café, le mur blanc, la soupe qui commençait à cuire, tout cela mettait en lui comme une nausée.

Il avait hâte d'être dehors, hâte surtout de savoir. Il tressaillait au moindre bruit de la rue.

— Il faut que je m'en aille.

— Il n'est pas l'heure. Tu étais avec Delfosse, hier au soir, n'est-ce pas ?... Mais qu'il vienne encore ici pour te chercher !... Un gamin qui ne fait rien, parce que ses parents sont riches !... Un vicieux !... Et il n'a pas besoin de se lever le matin pour aller à son bureau, lui !

M. Chabot ne disait rien, mangeait en regardant son assiette pour ne pas avoir à prendre parti. Un locataire du premier descendit, un étudiant polonais, qui gagna directement la rue et se rendit à l'Université. On en entendait un autre qui s'habillait juste au-dessus de la cuisine.

— Tu verras, Jean, que cela finira mal ! Demande à ton père s'il faisait la bombe, à ton âge !

Et Jean Chabot avait vraiment les yeux striés de rouge, les traits tirés. On voyait un petit bouton pourpre sur son front.

— Je m'en vais ! répéta-t-il en regardant l'heure.

Juste à ce moment quelqu'un donnait des petits coups à la boîte aux lettres encastrée dans la porte d'entrée. C'était la façon d'appeler des intimes, la sonnette servant aux étrangers. Jean se hâta d'aller ouvrir, se trouva en face de Delfosse qui questionna :

— Tu viens ?

— Oui... Je prends mon chapeau...

— Entrez, Delfosse ! cria Mme Chabot de la cuisine. Justement je disais à Jean qu'il est temps que cela finisse ! Il est en train de se ruiner la santé ! Que vous fassiez la noce, cela regarde vos parents. Mais Jean...

Delfosse, long et maigre, le teint encore plus pâle que Chabot, baissait la tête en esquissant un sourire gêné.

— Jean doit gagner sa vie ! Nous n'avons pas de fortune, nous ! Vous êtes assez intelligent pour le comprendre et je vous demande de le laisser tranquille.

— Tu viens ?... souffla Jean qui était au supplice.

— Je vous jure, madame, que nous... balbutia Delfosse.

— A quelle heure êtes-vous rentrés cette nuit ?

— Je ne sais pas... Peut-être à une heure...

— Et Jean a avoué qu'il était plus de deux heures du matin !

— Il est temps que j'aille au bureau, mère...

Il avait son chapeau sur la tête. Il poussa Delfosse dans le corridor. M. Chabot se levait à son tour et endossait son manteau.

Dehors, comme dans toutes les rues de Liège à ce moment, on voyait des ménagères qui lavaient le trottoir à grande eau, des charrettes de légumes et de charbon arrêtées devant les portes, et les cris des marchands s'entendaient de loin, se répondaient d'un bout du quartier à l'autre.

— Eh bien ?...

Les deux jeunes gens avaient tourné le coin de la rue. Ils pouvaient laisser percer leur inquiétude.

— Rien !... Le journal de ce matin ne parle de rien !... On n'a peut-être pas encore trouvé le...

Delfosse portait une casquette d'étudiant à grande visière. C'était l'heure où tous les étudiants se dirigeaient vers l'Université. Sur le pont enjambant la Meuse, ils formaient presque un cortège.

— Ma mère est furieuse... C'est surtout à toi qu'elle en veut...

Ils traversaient le marché, se faufilaient entre les paniers de légumes et de fruits, foulaient aux pieds des feuilles de chou et de salade. Jean avait le regard fixe.

— Dis !... Pour l'argent ?... Nous sommes le 15...

Ils changèrent de trottoir, parce qu'ils passaient en face d'un marchand de tabac à qui ils devaient une cinquantaine de francs.

— Je sais bien... Ce matin, j'ai regardé dans le portefeuille de mon père... Il n'y avait que des gros billets...

Et Delfosse ajouta plus bas :

— Ne t'en fais pas... Tout à l'heure, j'irai chez mon oncle, rue Léopold... C'est bien rare qu'on ne me laisse pas seul un instant dans le magasin...

Jean connaissait la maison, la principale chocolaterie de Liège. Il imaginait son ami glissant la main dans le tiroir-caisse.

— Quand est-ce que je te vois ?

— Je t'attendrai à midi.

Ils atteignaient l'étude du notaire Lhoest, où Chabot travaillait. Ils se serrèrent la main, sans se regarder, et Jean eut une impression de malaise, comme si la poignée de main de son ami n'était pas la même que d'habitude.

Il est vrai que maintenant ils étaient complices !

Jean avait une table dans l'antichambre. Dernier venu, sa tâche consistait surtout à coller des timbres sur les enveloppes, à trier le courrier et à faire les courses en ville.

Ce matin-là, il travaillait sans rien dire, sans regarder personne, avec l'air de vouloir passer inaperçu. Il guettait surtout le premier clerc, un homme d'une cinquantaine d'années, d'aspect sévère, de qui il dépendait.

A onze heures, il ne s'était encore rien passé,

mais un peu avant midi le premier clerc s'approcha de lui.

— Vous avez les comptes de la petite caisse, Chabot ?

Depuis le matin, Jean préparait une réponse qu'il récita en regardant ailleurs.

— Excusez-moi, monsieur Hosay, aujourd'hui, j'ai mis un autre costume et j'ai laissé, chez moi, le carnet et l'argent. Je vous donnerai les comptes après midi...

Il était blême. Le premier clerc s'en étonna.

— Vous êtes malade ?

— Non... Je ne sais pas... Peut-être un peu...

La petite caisse, c'était un compte à part dans l'étude, l'argent nécessaire aux timbres, à l'expédition des recommandés et en général à toutes les petites dépenses courantes. Deux fois par mois, le 15 et le 30, on remettait à Jean une certaine somme et il inscrivait les dépenses dans un carnet.

Les employés s'en allaient. Le jeune homme, dehors, chercha Delfosse des yeux, l'aperçut non loin de la vitrine du marchand de tabac, fumant une cigarette à bout doré.

— Alors ?

— Ici, c'est payé !

Ils marchèrent. Ils avaient besoin de sentir la foule couler autour d'eux.

— Viens au *Pélican*. Je suis allé chez mon oncle. Je n'ai eu que quelques secondes. Alors, j'ai plongé la main... Sans le vouloir, j'ai pris trop...

— Combien ?

— Presque deux mille...

Le chiffre effraya Chabot.

— Voilà trois cents francs pour la petite caisse. Nous allons partager le reste.

— Mais non !

Ils étaient aussi fiévreux l'un que l'autre, avec la différence que l'insistance de Delfosse était presque menaçante.

— C'est naturel ! Est-ce que nous ne faisons pas toujours part à deux ?

— Je n'ai pas besoin de cet argent.

— Moi non plus.

Au premier étage d'une maison, ils regardèrent machinalement un balcon de pierre : c'était la chambre meublée qu'habitait Adèle, la danseuse du *Gai-Moulin*.

— Tu n'es pas passé là-bas ?

— J'ai pris la rue du Pot-d'Or... Les portes étaient ouvertes, comme tous les matins... Victor et Joseph balayaient...

Jean serrait les doigts les uns dans les autres à les faire craquer.

— Pourtant tu as bien vu, cette nuit, n'est-ce pas ?...

— Je suis sûr que c'était le Turc ! martela Delfosse en frissonnant.

— Et il n'y avait pas de police dans la rue ?

— Rien ! Tout était normal... Victor, qui m'a aperçu, m'a crié bonjour...

Ils entraient au *Pélican*, s'asseyaient à une table près de la devanture, commandaient de la bière anglaise. Et aussitôt Jean remarquait un consommateur, presque en face de lui.

— Ne te retourne pas... Regarde dans la glace... Il était cette nuit au... Tu sais ce que je veux dire...

— Le gros !... Oui, je le reconnais...

C'était le client entré le dernier au *Gai-Moulin*, le personnage large et puissant qui avait bu de la bière.

— Il ne doit pas être de Liège.

. — Il fume du tabac français. Attention ! il nous observe.

— Garçon ! appela Delfosse. Cela nous fait combien ? On vous devait quarante-deux francs, je crois ?

Il tendit un billet de cent, en laissa voir quelques autres.

— Payez-vous !

Ils n'étaient bien nulle part. A peine assis, ils se remirent en marche et l'inquiétude poussa Chabot à se retourner.

— L'homme nous suit ! En tout cas, il est derrière nous...

— Tais-toi ! Tu finiras par me fiche la frousse. Pourquoi nous suivrait-il ?

— On a pourtant dû trouver le... le Turc... Ou alors, il n'était pas mort...

— Mais tais-toi donc ! gronda Delfosse avec une dureté accrue.

Ils parcoururent trois cents mètres en silence.

— Tu crois que nous devons aller là-bas ce soir ?

— Bien sûr ! Cela n'aurait pas l'air naturel si...

— Dis donc ! Peut-être qu'Adèle sait quelque chose ?

Jean avait mal aux nerfs. Il ne savait où regarder, ni que dire. Il n'osait pas se retourner et il sentait derrière lui la présence de l'homme aux larges épaules.

— S'il traverse la Meuse sur nos talons, c'est qu'il nous suit !

— Tu rentres chez toi ?

— Il faut bien... Ma mère est furieuse...

Il aurait été capable d'éclater soudain en sanglots, là, au milieu de la rue.

— Il passe le pont... Tu vois qu'il nous suit !...

— Tais-toi !... A ce soir... Je suis arrivé...

— René !

— Quoi ?...

— Je ne veux pas garder tout cet argent... Ecoute !...

Mais Delfosse rentra chez lui avec un haussement d'épaules. Jean marcha plus vite, en regardant dans les vitrines pour s'assurer qu'on le suivait toujours.

Dans les rues calmes du quartier d'outre-Meuse, il n'y eut plus de doute possible. Et alors ses jambes mollirent. Il faillit s'arrêter, pris de vertige. Mais, au contraire, il marcha plus vite, il fut comme tiré en avant par la peur.

Quand il arriva chez lui, sa mère questionna :

— Qu'est-ce que tu as ?

— Rien...

— Tu es tout pâle... On dirait que tu es vert...

Et, rageuse :

— C'est joli, pas vrai ?... A ton âge, te mettre dans des états pareils !... Où as-tu encore traîné, cette nuit ?... Et en quelle compagnie ?... Je ne comprends pas ton père, qui n'est pas plus sévère... Allons ! mange...

— Je n'ai pas faim.

— Encore ?

— Laisse-moi, mère, veux-tu ?... Je ne suis pas bien... Je ne sais pas ce que j'ai...

Mais le regard aigu de Mme Chabot ne se laissait pas attendrir. C'était une petite personne sèche, nerveuse, qui trottait du matin au soir.

— Si tu es malade, je vais faire venir le médecin.

— Non ! de grâce...

Des pas, dans l'escalier. On aperçut la tête d'un étudiant à travers la porte vitrée de la cuisine. Il frappa, montra un visage inquiet, méfiant.

— Vous connaissez l'homme qui se promène dans la rue, madame Chabot ?

Il avait un fort accent slave. Ses yeux étaient ardents. Il s'emportait à la moindre occasion.

Il avait dépassé l'âge habituel des étudiants. Mais il était inscrit régulièrement à l'Université, dont il ne suivait jamais les cours.

On savait qu'il était géorgien, qu'il s'était occupé de politique dans son pays. Il se prétendait noble.

— Quel homme, monsieur Bogdanowski ?

— Venez...

Il l'entraînait vers la salle à manger dont la fenêtre donnait sur la rue. Jean hésitait à les suivre. Il finit pourtant par y aller, lui aussi.

— Il y a un quart d'heure qu'il est là, à faire les cent pas... Je m'y connais !... C'est sûrement quelqu'un de la police...

— Mais non ! riposta Mme Chabot, optimiste. Vous voyez de la police partout ! C'est tout simplement quelqu'un qui a un rendez-vous...

Le Géorgien lui jeta néanmoins un regard soupçonneux, grommela quelque chose dans sa langue et remonta chez lui. Jean avait reconnu l'homme aux larges épaules.

— Viens manger, toi ! Et ne fais pas de manières, hein ! Sinon, au lit, et le médecin tout de suite...

M. Chabot ne rentrait pas de son bureau à midi. On déjeunait dans la cuisine, où Mme Chabot n'était jamais assise, allant et venant de la table à son fourneau.

Tandis que Jean, tête basse, essayait d'avaler quelques bouchées, elle l'observait et soudain elle remarqua un détail de toilette.

— D'où vient encore cette cravate ?

— Je... c'est René qui me l'a donnée...

— René ! Toujours René ! Et tu n'as pas plus d'amour-propre que cela ? J'en ai honte pour toi ! Des gens qui ont peut-être de l'argent, mais qui ne sont pas recommandables pour la cause ! Les parents ne sont même pas mariés...

— Maman !

D'habitude, il disait mère. Mais il voulait être suppliant. Il était à bout. Il ne demandait rien, sinon la paix pendant les quelques heures qu'il était obligé de passer chez lui. Il imaginait l'inconnu faisant les cent pas en face, juste devant le mur de l'école où il avait passé ses premières années.

— Non, mon fils ! Tu files un mauvais coton, c'est moi qui te le dis ! Il est temps que cela change, si tu ne veux pas tourner mal comme ton oncle Henry...

C'était le cauchemar, cette évocation de l'oncle qu'on rencontrait parfois, ivre mort, ou bien qu'on apercevait sur une échelle en train de repeindre la façade d'une maison.

— Et pourtant il avait fait des études, lui ! Il pouvait prétendre à n'importe quelle situation...

Jean se leva, la bouche pleine, arracha littéralement son chapeau du portemanteau et s'enfuit.

A Liège, certains journaux ont une édition du matin, mais l'édition importante paraît à deux heures de l'après-midi. Chabot marcha vers le centre de la ville dans une sorte de nuage ensoleillé qui brouillait sa vue et il se réveilla, la Meuse franchie, en entendant crier :

— Demandez la *Gazette de Liège* !... La *Gazette de Liège* qui vient de paraître... Le cadavre de la malle d'osier !... Horribles détails... Demandez la *Gazette de Liège* !...

A côté de lui, à moins de deux mètres, l'homme aux larges épaules achetait le journal, attendait sa monnaie. Jean fouilla dans sa poche, y trouva les billets qu'il avait enfouis pêle-mêle, chercha en vain des petites pièces. Alors il reprit sa route, poussa un peu plus tard la porte de l'étude où les employés étaient déjà arrivés.

— Cinq minutes de retard, monsieur Chabot ! remarqua le premier clerc. Ce n'est pas beaucoup, mais cela se répète trop souvent...

— Excusez-moi... Un tramway qui... Je vous apporte la petite caisse...

Il sentait bien qu'il n'avait pas son visage habituel. La peau brûlait à ses pommettes. Et il y avait des élancements dans ses prunelles.

M. Hosay feuilletait le carnet, vérifiait les additions au bas des pages.

— Cent dix-huit cinquante... C'est bien ce qui vous reste ?...

Jean regretta de n'avoir pas pensé à changer

ses billets. Il entendit le second clerc et la dactylo qui discutaient de la malle d'osier.

— Graphopoulos. C'est un nom turc, ça ?

— Il paraît que c'est un Grec...

Les oreilles de Jean bourdonnaient. Il tira deux billets de cent francs de sa poche. M. Hosay lui désigna froidement quelque chose qui était tombé par terre : un troisième billet.

— Il me semble que vous traitez l'argent avec beaucoup de légèreté. Vous n'avez pas de portefeuille ?

— Je vous demande pardon...

— Si le patron vous voyait mettre ainsi les billets de banque à même vos poches... Bon ! Je n'ai pas de monnaie... Vous reporterez à nouveau ces cent dix-huit francs cinquante... Quand la somme sera épuisée, vous me demanderez de l'argent... Cet après-midi, vous ferez le tour des journaux, pour déposer les annonces légales... C'est pressé ! Il faut qu'elles paraissent demain...

Le Turc ! Le Turc ! Le Turc !...

Dehors, Jean acheta un journal et resta un bon moment au centre d'un cercle de badauds parce que le vendeur lui cherchait de la monnaie. Il lut en marchant, en bousculant les passants :

Le mystère de la malle d'osier

Ce matin, vers neuf heures, alors qu'il venait d'ouvrir les portes du Jardin d'Acclimatation, le gardien remarqua une malle en osier de grandes dimensions posée sur une pelouse. Il essaya en vain de l'ouvrir. La malle était fermée à l'aide d'une tringle fixée par un fort cadenas.

Il appela donc l'agent Leroy, qui avisa à son tour le commissaire de police de la 4ᵉ division.

Ce n'est qu'à dix heures que la malle fut enfin ouverte par un serrurier. Or, qu'on imagine le spectacle qui s'offrit aux enquêteurs !

Un cadavre était replié sur lui-même et, pour le tasser davantage, on n'avait pas hésité à casser les vertèbres du cou.

Un homme d'une quarantaine d'années, au type étranger très prononcé, dont on chercha en vain le portefeuille. Par contre, dans une des poches du gilet, on trouva des cartes de visite au nom d'Ephraïm Graphopoulos.

Celui-ci n'a dû arriver à Liège que très récemment, car il n'est pas inscrit au registre des étrangers et il ne figure pas non plus sur les fiches des hôteliers de la ville.

Le médecin légiste ne procédera à l'autopsie que cet après-midi, mais dès à présent, on croit que la mort remonte au cours de la nuit et qu'elle a été provoquée à l'aide d'un instrument très lourd, comme une matraque en caoutchouc, une barre de fer, un sac de sable ou une canne plombée.

On lira tous les détails sur cette affaire, qui

*promet d'être sensationnelle, dans notre pro-
chaine édition.*

Le quotidien à la main, Jean arrivait au guichet
du journal *La Meuse,* y remettait les annonces
légales et attendait son reçu.

La ville grouillait, dans le soleil. C'étaient les
derniers beaux jours de l'automne et sur les bou-
levards on commençait à dresser les baraques
foraines pour la grande kermesse d'octobre.

C'est en vain qu'il cherchait derrière lui son
suiveur du matin. En passant devant le *Pélican*,
il s'assura que Delfosse, qui n'avait pas de cours
l'après-midi, n'y était pas.

Il fit un détour par la rue du Pot-d'Or. Les
portes du *Gai-Moulin* étaient ouvertes. La salle
était dans l'ombre et c'est à peine si on distinguait le grenat des banquettes. Victor lavait les
vitres à grande eau et Chabot hâta le pas pour
ne pas être aperçu.

Il alla encore à *L'Express*, au *Journal de
Liège*...

Le balcon d'Adèle le fascina. Il hésita. Une fois
déjà il lui avait rendu visite, il y avait un mois
de cela. Delfosse lui avait juré qu'il avait été
l'amant de la danseuse. Alors il avait frappé à sa
porte, vers midi, sous un prétexte stupide. Elle
l'avait reçu, en peignoir douteux, avait continué
sa toilette devant lui, tout en bavardant comme
une bonne camarade.

Il n'avait rien tenté. Il n'en avait pas moins été heureux de cette intimité.

Il poussa la porte du rez-de-chaussée, à côté de l'épicerie, gravit l'escalier sombre, frappa.

On ne répondit pas. Mais bientôt, il y eut des pas traînants sur le plancher. L'huis s'entrouvrit, laissant passer une forte odeur d'alcool à brûler.

— C'est toi ! Je croyais que c'était ton ami !

— Pourquoi ?

Adèle retournait déjà vers le petit réchaud de nickel sur lequel était posé un fer à friser.

— Une idée ! Je ne sais pas ! Ferme vite ! Il y a un courant d'air...

A cet instant, Chabot se sentait pris de l'envie de se confier à elle, de tout lui dire, de lui demander conseil, de se faire consoler en tout cas par cette femme aux yeux fatigués, à la chair un peu lasse mais si savoureuse sous le peignoir, aux pantoufles de satin rouge qu'elle traînait à travers la chambre en désordre.

Sur le lit défait, il vit un numéro de la *Gazette de Liège*.

3

L'homme aux larges épaules

Elle venait de se lever et près du réchaud bavait une boîte de lait condensé.

— Ton ami n'est pas avec toi ? insista-t-elle.

Du coup, Chabot se rembrunit et c'est sur un ton grognon qu'il répliqua :

— Pourquoi serait-il avec moi ?

Elle ne s'aperçut de rien, ouvrit une armoire où elle chercha une chemise de soie crevette.

— C'est vrai que son père est un gros industriel ?

Jean ne s'était pas assis, n'avait même pas déposé son chapeau. Il la regardait aller et venir, en proie à un sentiment trouble où il entrait de la mélancolie, du désir, un respect instinctif de la femme et du désespoir.

Elle n'était pas belle, surtout en savates et en peignoir fripé. Mais peut-être, pour lui, dans l'abandon de cette intimité, n'en avait-elle que plus de charme.

Avait-elle vingt-cinq ou trente ans ? Elle avait beaucoup vécu, en tout cas. Elle parlait souvent de Paris, de Berlin, d'Ostende. Elle citait des noms de boîtes de nuit célèbres.

Mais sans fièvre, sans orgueil, sans pose. Au

contraire ! Le trait dominant de son caractère était une lassitude qui perçait dans son regard vert, dans la façon désinvolte dont ses lèvres retenaient la cigarette, dans les gestes et dans les sourires.

Une lassitude souriante.

— Fabricant de quoi ?

— De vélos...

— C'est rigolo ! J'ai connu, à Saint-Etienne, un autre constructeur de bicyclettes. Quel âge a-t-il ?...

— Le père ?

— Non, René...

Il se renfrogna davantage à cause de ce prénom sur ces lèvres.

— Dix-huit ans...

— Il est vicieux, je parie ?

La familiarité était complète. Elle traitait Jean Chabot d'égal à égal. Par contre, quand elle parlait de René Delfosse, il y avait une nuance de considération dans sa voix.

Est-ce qu'elle avait deviné que Chabot n'était pas riche, qu'il appartenait à une famille à peu près pareille à la sienne ?

— Assieds-toi !... Cela ne te gêne pas que je m'habille ?... Passe-moi donc les cigarettes...

Il les chercha autour de lui.

— Sur la table de nuit !... C'est cela...

Et Jean, tout pâle, osa à peine toucher l'étui qu'il avait vu la veille entre les mains de l'étranger. Il regarda sa compagne qui, peignoir ouvert sur son corps nu, mettait ses bas.

Ce fut plus trouble encore que les premiers moments. Il devint pourpre, peut-être à cause de l'étui, peut-être à cause de cette nudité, plus probablement à cause des deux.

Adèle n'était pas seulement une femme. C'était une femme qui se trouvait mêlée à un drame, une femme qui, sans doute, avait un secret.

— Eh bien ?

Il tendit l'étui.

— Tu as du feu ?...

Sa main tremblait en présentant l'allumette enflammée. Alors elle éclata de rire.

— Dis donc ! tu n'as pas dû voir beaucoup de femmes dans ta vie, toi !...

— J'ai eu des maîtresses...

Le rire s'accentua. Elle le regardait en face, en fermant à demi les paupières.

— Tu es rigolo !... Un drôle de type... Passe-moi ma ceinture...

— Vous êtes rentrée tard, cette nuit ?

Elle l'observa avec une pointe de sérieux.

— Est-ce que tu serais amoureux ?... Et jaloux par-dessus le marché !... Je comprends maintenant pourquoi tu as fait une tête quand je t'ai parlé de René... Allons ! Tourne-toi vers le mur...

— Vous n'avez pas lu les journaux ?

— J'ai seulement parcouru le feuilleton.

— Le type d'hier soir a été tué.

— Sans blague ?

Elle n'était pas très émue. Tout juste de la curiosité.

— Par qui ?

— On ne sait pas. On a retrouvé son cadavre dans une malle d'osier.

Le peignoir fut jeté sur le lit. Jean se retourna au moment où elle rabattait sa chemise et cherchait une robe dans le placard.

— Encore une histoire pour m'attirer des ennuis !...

— Vous êtes sortie du *Gai-Moulin* avec lui ?

— Non ! Je suis partie seule...

— Ah !

— On dirait que tu ne me crois pas... Est-ce que, par hasard, tu te figurerais que je ramène ici tous les clients de la boîte ?... Je suis danseuse, mon petit... Comme telle, je dois pousser à la consommation... Mais, les portes fermées, fini !...

— N'empêche qu'avec René...

Il se rendit compte que c'était une idiotie.

— Eh bien, quoi ?

— Rien... Il m'a dit...

— Quel imbécile ! Je te dis, moi, que c'est tout juste s'il m'a embrassée... Donne-moi encore une cigarette...

Et, posant un chapeau sur sa tête :

— Ouste ! Il faut que j'aille faire des achats... Viens !... Ferme la porte...

Ils descendirent l'un derrière l'autre l'escalier sombre.

— De quel côté vas-tu ?

— Je rentre au bureau.

— Tu viens ce soir ?

La foule déferlait sur le trottoir. Ils se séparèrent et, quelques instants plus tard, Jean Chabot s'asseyait à son bureau, devant une pile d'enveloppes à timbrer.

Sans qu'il sût au juste pourquoi, c'était la tristesse, maintenant, plutôt que la peur qui dominait. Il regardait le bureau tapissé d'affiches notariales avec dégoût.

— Vous avez les reçus ? lui demanda le premier clerc.

Il les tendit.

— Et celui de la *Gazette de Liège* ? Vous avez oublié la *Gazette de Liège* ?

Un drame ! Une catastrophe ! Le ton du premier clerc était tragique.

— Ecoutez, Chabot, il faut que je vous dise que cela ne peut pas continuer ainsi ! Le travail est le travail. Le devoir est le devoir. Je vais être forcé d'en parler au patron. En outre, il m'est revenu qu'on vous rencontre la nuit dans des endroits peu recommandables où, personnellement, je n'ai jamais mis les pieds. A parler franc, vous filez un mauvais coton. Regardez-moi quand je vous parle ! Et ne prenez pas cet air ironique !

Vous entendez ? Cela ne se passera pas comme cela...

La porte claqua. Le jeune homme resta seul à coller des enveloppes.

C'était le moment où Delfosse devait être assis à la terrasse du *Pélican*, ou installé dans quelque cinéma. L'horloge marquait cinq heures. Jean Chabot regarda l'aiguille avancer soixante fois d'une minute, se leva, prit son chapeau et ferma son tiroir à clef.

L'homme aux larges épaules n'était pas dehors. Il faisait frais. Le crépuscule mettait, dans les rues, de grandes nappes de brouillard bleuté que perçaient les lampes des étalages et les vitres des tramways.

— Demandez la *Gazette de Liège*...

Delfosse n'était pas au *Pélican*. Chabot le chercha dans les autres cafés du centre où ils avaient l'habitude de se retrouver. Il avait les jambes lourdes, la tête si vide qu'il pensa à aller se coucher.

Quand il rentra chez lui, il eut tout de suite l'intuition d'un événement anormal. La porte de la cuisine était ouverte. Mlle Pauline, une étudiante polonaise qui occupait une chambre meublée dans la maison, était penchée sur quelqu'un que le jeune homme ne vit pas immédiatement.

Il s'avança dans le silence. Un sanglot éclata soudain. Mlle Pauline tourna vers lui son visage sans grâce qui prit une expression sévère.

— Regardez votre mère, Jean !

Et Mme Chabot, en tablier, les coudes sur la table, pleurait à chaudes larmes.

— Qu'est-ce qu'il y a ?

Et la Polonaise de continuer :

— C'est vous qui devez le savoir...

Mme Chabot essuyait ses yeux rouges, regardait son fils, éclatait de plus belle.

— Il me fera mourir !... C'est affreux !...

— Qu'est-ce que j'ai fait, mère ?

Jean parlait d'une voix blanche, trop nette. Sa peur était telle qu'elle le figeait des pieds à la tête.

— Laissez-nous, mademoiselle Pauline... Vous êtes bien gentille... Nous qui avons toujours préféré être pauvres, mais honnêtes !...

— Je ne comprends pas...

L'étudiante s'esquivait. On l'entendait monter l'escalier. Mais elle avait soin de laisser ouverte la porte de sa chambre.

— Qu'est-ce que tu as fait ?... Dis-le franchement... Ton père va rentrer... Quand je pense que tout le quartier saura...

— Je te jure que je ne comprends pas !...

— Tu mens !... Tu sais bien que tu mens, depuis que tu es toujours avec ce Delfosse et toutes ces sales femmes !... Il y a une demi-heure, Mme Velden, la légumière, est arrivée tout essoufflée... Mlle Pauline était ici... Et c'est devant elle que Mme Velden m'a dit qu'un homme était venu la voir pour lui demander des renseignements sur toi et sur nous... Un homme qui est sûrement de la police !... Et il faut qu'il s'adresse justement à Mme Velden, qui est la plus mauvaise langue de tout le quartier !... A cette heure, tout le monde doit être au courant...

Elle s'était levée. Machinalement elle versait de l'eau bouillante sur le filtre de la cafetière. Puis elle sortait une nappe d'une armoire.

— Voilà à quoi cela sert d'avoir fait des sacrifices pour t'élever !... La police qui s'occupe de nous, qui va peut-être venir dans la maison !... Je ne sais pas comment ton père prendra la chose... Mais je sais bien que le mien t'aurait chassé... Quand je pense que tu n'as même pas dix-sept ans !... C'est sa faute, à ton père !... C'est lui qui te laisse sortir jusqu'à des trois heures du matin... Quand je me fâche, il prend ton parti...

Sans savoir pourquoi, Jean avait la certitude que le soi-disant policier était l'homme aux larges épaules. Il fixait le sol, farouchement.

— Ainsi, tu ne dis rien ? Tu ne veux pas avouer ce que tu as fait ?

— Je n'ai rien fait, mère...

— Et la police s'occuperait de toi si tu n'avais rien fait ?

— Ce n'est pas sûr que ce soit la police !

— Qu'est-ce que ce serait, alors ?

Il eut soudain le courage de mentir, pour en finir avec cette scène pénible.

— Peut-être des gens qui voudraient me prendre comme employé et qui cherchent à avoir des renseignements... Je suis mal payé où je travaille... Je me suis adressé de divers côtés pour trouver une nouvelle place...

Elle le regarda d'une façon aiguë.

— Tu mens !

— Je te jure...

— Tu es sûr que Delfosse et toi n'avez pas fait une bêtise ?

— Je te jure, mère...

— Eh bien, dans ce cas-là, tu ferais bien d'aller voir Mme Velden... Ce n'est pas la peine qu'elle raconte à tout le monde que la police te cherche !

La clef tourna dans la serrure de la porte d'entrée. M. Chabot retirait son pardessus qu'il accrochait au portemanteau, pénétrait dans la cuisine et s'installait dans son fauteuil d'osier.

— Déjà rentré, Jean ?

Il s'étonna des yeux rouges de sa femme, de la mine renfrognée du jeune homme.

— Qu'est-ce qu'il y a ?

— Rien !... Je grondais Jean... Je voudrais ne plus le voir rentrer à des heures indues... Comme s'il n'était pas assez bien ici, en famille...

Et elle posait les couverts sur la table, remplissait les tasses. Tout en mangeant, M. Chabot lisait le journal, le commentait.

— Encore une affaire qui fera du bruit !... Un

cadavre dans une malle d'osier... Un étranger, naturellement !... Et sans doute un espion...

Changeant d'idée :

— M. Bogdanowski a payé ?

— Pas encore. Il m'a dit qu'il attendait l'argent mercredi !

— Comme il l'attend depuis trois semaines ! Tant pis ! Mercredi, tu lui annonceras que cela ne peut pas continuer...

L'atmosphère était lourde, pleine d'odeurs familières, avec des reflets sur les casseroles de cuivre, les taches vives d'un calendrier réclame fixé au mur depuis trois ans et servant de porte-journaux.

Jean mangeait machinalement et peu à peu il s'engourdissait. Dans ce décor de tous les jours, il se prenait à douter de la réalité des événements du dehors. C'est ainsi qu'il eut peine à imaginer que deux heures plus tôt il était dans la chambre d'une danseuse qui mettait ses bas devant lui, le peignoir ouvert sur un corps pâle, charnu, un peu fatigué.

— Tu as demandé le renseignement au sujet de la maison ?

— Quelle maison ?

— La maison de la rue Féronstrée.

— Je... C'est-à-dire que j'ai oublié...

— Comme toujours !

— J'espère que ce soir tu vas te reposer ! Tu as une sale tête.

— Oui... Je ne sors pas...

— Ce sera la première fois cette semaine ! intervint Mme Chabot, qui n'était pas encore tout à fait rassurée et qui guettait les expressions de physionomie de son fils.

La boîte aux lettres claqua. Jean eut la certitude que c'était pour lui et il se précipita dans le corridor pour aller ouvrir. M. et Mme Chabot regardaient par la porte vitrée.

— Encore ce Delfosse ! fit Mme Chabot. Il ne peut pas laisser Jean tranquille. Si cela continue, j'irai trouver ses parents...

On les voyait tous les deux parler bas sur le seuil. Plusieurs fois Chabot se retourna pour s'assurer qu'on ne les écoutait pas. Il semblait résister à une sollicitation pressante.

Et soudain il cria, sans revenir à la cuisine :

— Je rentre tout de suite !

Mme Chabot se leva pour l'empêcher de partir. Mais déjà, avec des gestes que la hâte rendait fébriles, il prenait son chapeau au portemanteau, gagnait la rue, refermait la porte avec fracas.

— Et tu le laisses agir ainsi ? lança-t-elle à son mari. C'est cela, le respect que tu lui inspires ? Si tu avais un peu plus d'autorité...

Elle continua à parler de la sorte, sous la lampe, tout en mangeant, tandis que M. Chabot louchait vers son journal qu'il n'osait pas reprendre avant la fin de cette diatribe.

— Tu es sûr ?

— Certain... Je l'ai bien reconnu... Il était autrefois inspecteur dans notre quartier...

Delfosse avait plus que jamais la tête en lame de couteau et tandis qu'il passait sous un bec de gaz son compagnon constata qu'il était livide. Il fumait, à petites bouffées fiévreuses.

— Je n'en peux plus... Voilà déjà quatre heures que cela dure... Tiens ! Retourne-toi vite... Je l'entends à moins de cent mètres de nous...

On ne distinguait que la silhouette banale d'un homme qui marchait le long des maisons de la rue de la Loi.

— Cela a commencé tout de suite après le déjeuner... Peut-être avant... Mais je ne m'en suis aperçu qu'en m'installant à la terrasse du *Pélican*... Il s'est assis à une table voisine... Je l'ai reconnu... Il y a deux ans qu'il est de la police secrète... Mon père a eu besoin de lui à la suite d'un vol de métaux dans les chantiers... Il s'appelle Gérard ou Girard... Je ne sais pas pourquoi je me suis levé... Cela m'énervait... J'ai suivi la rue de la Cathédrale et il s'est mis à marcher derrière moi... Je suis entré dans un autre café... Il m'attendait à cent mètres... Je suis allé au cinéma *Mondain* et je l'ai retrouvé trois rangées plus loin... Je ne sais pas tout ce que j'ai fait d'autre... J'ai marché... J'ai pris des tramways... A cause des billets que j'ai dans ma poche !... Je voudrais bien m'en débarrasser, car s'il me fouille, je ne pourrai expliquer d'où ils viennent... Tu ne veux pas dire que c'est à toi ?... Par exemple que ton patron te les a remis pour une commission...

— Non !

Delfosse avait le front en sueur, le regard à la fois dur et inquiet.

— Il faut pourtant que nous fassions quelque chose... Il finira par nous interpeller... Je suis allé chez toi parce que, quand même, c'est ensemble que...

— Tu n'as pas dîné ?

— Je n'ai pas faim... Si, en passant sur le pont, je jetais les billets dans la Meuse ?...

— Il s'en apercevra !

— Je pourrais toujours aller au lavabo, dans un café... Ou plutôt... Ecoute ! Nous allons nous installer quelque part et c'est toi qui iras au lavabo pendant qu'il continuera à me surveiller...

— Et s'il me rejoint ?

— Il ne te rejoindra pas... Sans compter que c'est ton droit de fermer la porte à clef...

Ils étaient toujours dans le quartier d'outre-Meuse, aux rues spacieuses, mais désertes et mal éclairées.

Ils entendaient derrière eux les pas réguliers du policier qui n'avait pas l'air de vouloir se cacher.

— Si on entrait plutôt au *Gai-Moulin* ?... Cela paraîtra plus naturel... Nous y allons presque tous les soirs... Et si nous avions tué le Turc, nous n'y mettrions plus les pieds...

— Il est trop tôt !

— Nous attendrons...

Ils ne parlèrent plus. Ils franchirent la Meuse, errèrent dans les rues du centre en s'assurant de temps en temps que Girard était toujours sur leurs talons.

Rue du Pot-d'Or, ils virent l'enseigne lumineuse de la boîte de nuit qu'on venait d'ouvrir.

— On entre ?

Ils se rappelaient leur fuite de la nuit précédente et il leur fallait un gros effort pour avancer. Victor était à la porte, sa serviette sur le bras, ce qui signifiait qu'il n'y avait guère de clients.

— Allons !

— Bonsoir, messieurs !... Vous n'avez pas rencontré Adèle ?...

— Non ! Elle n'est pas arrivée ?

— Pas encore ! C'est curieux, car elle est toujours à l'heure ! Entrez... Porto ?...

— Porto, oui !

La salle était vide. Les musiciens ne se donnaient pas la peine de jouer. Ils bavardaient en observant la porte d'entrée. Le patron, en veste blanche, arrangeait des petits drapeaux américains et anglais derrière son bar.

— Bonsoir, messieurs ! cria-t-il de loin. Ça va ?...

— Ça va !

Le policier entrait à son tour. C'était un homme encore jeune, qui ressemblait un peu au second clerc de l'étude. Il refusa de remettre son chapeau au chasseur, s'assit près de la porte.

Un signe du patron aux musiciens et ceux-ci déclenchèrent le jazz, cependant que le danseur professionnel, assis tout au fond de la salle où il était occupé à écrire une lettre, s'approcha de l'unique danseuse arrivée.

— Va !...

Delfosse poussait quelque chose dans la main de son compagnon et Jean hésitait à s'en saisir. Le policier les regardait. Mais l'action était sous la table.

— C'est le moment...

Chabot se décida à saisir les billets poisseux. Il les garda dans sa main, pour ne pas esquisser de gestes inutiles, se leva.

— Je reviens !... dit-il à voix haute.

Delfosse avait peine à cacher son soulagement et malgré lui il lança à son suiveur un regard triomphant.

Le patron arrêtait Jean.

— Attendez que je vous donne la clef ! La préposée n'est pas arrivée... Je ne sais pas ce qu'elles ont toutes aujourd'hui à être en retard !...

La porte de la cave était entrouverte et il en sortait des bouffées d'air humide qui firent frissonner le jeune homme.

Delfosse but son porto d'un trait. Il eut l'impres-

54

sion que cela lui faisait du bien et il avala ensuite celui de son ami. L'inspecteur ne bougeait pas ! Donc, la manœuvre avait réussi ! Dans quelques instants, la chasse d'eau emporterait les billets de banque compromettants.

A ce moment, Adèle entra, vêtue d'un manteau de satin noir bordé de fourrure blanche. Elle adressa un bonjour aux musiciens, serra la main de Victor.

— Tiens ! dit-elle à Delfosse. Ton ami n'est pas ici ? Je l'ai vu cet après-midi. Il est venu chez moi. Quel drôle de type ! Tu permets que je me déshabille ?...

Elle laissa son manteau derrière le comptoir où elle échangea quelques mots avec le patron, revint vers le jeune homme à côté de qui elle s'assit.

— Deux verres... Tu es avec quelqu'un ?

— Avec Jean.

— Où est-il ?

— Là-bas...

Il désignait la porte du regard.

— Ah ! bon. Qu'est-ce qu'il fait, son père ?

— Il est comptable dans une compagnie d'assurances, je crois...

Elle ne dit rien. Cela lui suffisait. C'était bien ce qu'elle avait pensé.

— Pourquoi ne viens-tu plus avec ton auto ?

— C'est l'auto de mon père. Je n'ai pas de permis de conduire. Alors, je ne la prends que quand il est en voyage. La semaine prochaine, il partira dans les Vosges. Si vous... si tu veux qu'on fasse une balade tous les deux... Jusqu'à Spa, par exemple ?...

— Qui est-ce, ce type-là ?... Il n'est pas de la police ?...

— Je ne sais pas... balbutia-t-il en rougissant.

— Il a une tête qui ne me revient pas... Dis donc ! tu es sûr que ton ami n'est pas évanoui ?... Victor !... Un sherry... Tu ne danses pas ?... C'est pas que j'y tienne, mais le patron aime qu'il y ait de l'animation...

Il y avait vingt minutes que Chabot avait disparu. Delfosse dansa si mal qu'au milieu de la danse ce fut Adèle qui se mit d'autorité à conduire.

— Tu permets ?... Je vais voir ce qu'il devient...

Il poussa la porte des lavabos. Jean n'y était pas. Par contre, la préposée rangeait sur une serviette les objets de toilette.

— Vous n'avez pas vu mon ami ?

— Non... Je viens d'arriver...

— Par la petite porte ?

— Comme toujours !

Il l'ouvrit. La ruelle était déserte, pluvieuse et froide, piquée du feu clignotant d'un seul bec de gaz.

4

Les fumeurs de pipe

Ils étaient quatre, dans l'immense local où des tables couvertes de papier buvard servaient de bureau. Les lampes avaient des abat-jour en carton vert. Les portes étaient ouvertes sur des pièces vides.

C'était le soir. Il n'y avait que ceux de la Sûreté à attendre, en fumant des pipes. Un grand roux, le commissaire Delvigne, était assis au bord d'une table et tortillait de temps en temps ses moustaches. Un jeune inspecteur faisait des dessins sur le buvard. Celui qui parlait était un petit homme râblé, qui venait évidemment de la campagne et qui était resté paysan des pieds à la tête.

— Sept francs pièce en les prenant par douze ! Des pipes qu'on payerait vingt francs dans n'importe quel magasin... Pas un défaut, hein !... C'est mon beau-frère qui est à la fabrique, à Arlon.

— On pourrait en commander deux douzaines, pour toute la brigade.

— C'est ce que j'ai écrit à mon beau-frère. A propos, lui qui est du métier m'a donné un tuyau épatant pour culotter les pipes...

Le commissaire balançait une jambe dans le vide. Tout le monde suivait attentivement la conversation. Tout le monde fumait. Dans la lumière crue des lampes, on voyait s'étirer des nuages bleuâtres.

— Au lieu de la bourrer n'importe comment, vous saisissez le fourneau comme ceci...

La porte s'ouvrit. Un homme entra, qui en poussait un autre devant lui. Le commissaire jeta un coup d'œil vers les nouveaux arrivants, questionna de loin :

— C'est toi, Perronet ?

— C'est moi, chef !

Et, au spécialiste en pipes :

— Dépêche-toi...

On laissait le jeune homme debout près de la porte et il dut écouter tout le discours sur la façon de culotter les pipes.

— Tu en veux une aussi ? demanda-t-on à Perronet. Des pipes en racine de bruyère véritable pour sept francs, grâce à mon beau-frère qui est contremaître à Arlon...

Et le commissaire, sans changer de place, lança :

— Avancez un peu, mon garçon !

C'était Jean Chabot, exsangue, les yeux si fixes qu'on pouvait craindre une crise de nerfs. Les autres le regardaient, tout en fumant, tout en échangeant encore quelques phrases entre eux. Et, même, une plaisanterie les fit rire.

— Où l'as-tu pincé, Perronet ?

— Au *Gai-Moulin*... Et au bon moment !... Juste comme il allait jeter des billets de cent dans les cabinets...

Cela n'étonna personne. Le commissaire chercha autour de lui.

— Qui veut remplir les feuilles ?

Le plus jeune se mit à une table, prit du papier avec des formules imprimées.

— Nom, prénoms, âge, profession, adresse, condamnations antérieures... Allons ! répondez...

— Chabot, Jean-Joseph-Emile, employé, 53, rue de la Loi...

— Pas de condamnations ?

— Non !

Les mots sortaient difficilement de la gorge trop serrée.

— Le père ?

— Chabot, Emile, comptable...

— Jamais condamné non plus ?

— Jamais !

— La mère ?

— Elisabeth Doyen, quarante-deux ans...

Personne n'écoutait. C'était la partie administrative de l'interrogatoire. Le commissaire à moustaches rousses allumait lentement une pipe d'écume, se levait, faisait quelques pas de long en large, demandait à quelqu'un :

— On s'est occupé du suicide du quai de Coronmeuse ?

— Gerbert y est !

— Bon ! A vous, jeune homme... Et, si vous voulez un bon conseil, n'essayez pas de faire le malin !... Vous étiez hier soir au *Gai-Moulin* en compagnie d'un certain Delfosse dont nous nous occuperons plus tard... A vous deux, vous n'aviez pas de quoi payer vos consommations et vous en deviez des jours précédents... Est-ce exact ?

Jean Chabot ouvrit la bouche, la referma sans avoir rien dit.

— Vos parents ne sont pas riches. Vous ne gagnez pas grand-chose. N'empêche que vous menez une vie de bâton de chaise... Vous devez de l'argent un peu partout... Est-ce vrai ?

Le jeune homme baissa la tête et continua à sentir les regards des cinq hommes braqués sur lui. Le ton du commissaire était condescendant, avec une pointe de mépris.

— Même au marchand de tabac ! Car, hier, vous lui deviez encore de l'argent... On connaît ça ! Des petits jeunes gens qui veulent jouer au noceur et qui n'en ont pas les moyens... Combien de fois avez-vous chipé de l'argent dans le portefeuille de votre père ?...

Jean devint cramoisi. Cette phrase, c'était pis qu'une gifle ! Et, le plus terrible, c'est qu'elle était à la fois juste et injuste.

Dans le fond, tout ce que disait le commissaire était vrai. Mais la vérité, présentée ainsi, sous un jour aussi cru, sans la moindre nuance, n'était presque plus la vérité.

Chabot avait commencé par boire des demis avec des amis, au *Pélican*. Il s'était habitué à en boire tous les soirs, parce que c'était là qu'on se rencontrait et qu'on créait une chaude atmosphère de camaraderie.

L'un payait sa tournée, l'autre la sienne. Des tournées qui revenaient de six à dix francs.

L'heure était si agréable ! Après le bureau, après les semonces du premier clerc, être là, dans le café le plus luxueux de la ville, à regarder passer les gens rue du Pont-d'Avroy, à serrer des mains, à voir de jolies femmes qui parfois venaient s'asseoir à la même table.

Tout Liège ne leur appartenait-il pas ?

Delfosse payait plus de tournées que les autres, parce qu'il avait le plus d'argent en poche.

— On va au *Gai-Moulin*, ce soir ?... Il y a une danseuse épatante...

C'était encore plus grisant. Les banquettes grenat. L'atmosphère lourde et chaude, parfumée, avec la musique, la familiarité de Victor et surtout la familiarité des femmes aux épaules nues qui relevaient leur robe pour tendre leurs bas.

Alors, peu à peu, cela devenait un besoin. Une fois, une seule, parce qu'il ne voulait pas toujours laisser payer les autres, Jean avait pris de l'argent, non pas chez lui, mais dans la petite caisse. Il avait compté plus cher une série d'envois recommandés... Vingt francs à peine !

— Je n'ai jamais volé mon père.

— Il est vrai qu'il ne doit pas avoir beaucoup à voler !... J'en reviens à la soirée d'hier... Vous êtes tous les deux au *Gai-Moulin*... Vous n'avez pas le sou... Et vous offrez encore à boire à une danseuse !... Donnez-moi vos cigarettes...

Le jeune homme tendit son paquet sans comprendre.

— Des Luxor à bout de liège... C'est bien ça, Dubois ?

— C'est cela même !

— Bon ! Il y a dans l'établissement un homme qui paraît riche, qui boit du champagne, qui doit avoir un portefeuille bien garni... Contre votre habitude, vous sortez par la petite porte... Or, aujourd'hui, on a retrouvé dans l'escalier de la cave, près de cette issue, deux bouts de cigarette et des traces de piétinements qui tendraient à prouver qu'au lieu de sortir réellement vous vous êtes cachés là... L'étranger a été tué... Au *Gai-Moulin* ou ailleurs... Son portefeuille a été volé... De même, d'ailleurs, que son étui à cigarettes en or... Aujourd'hui, vous payez vos dettes !... Et, ce soir, vous essayez, vous sentant traqué, de jeter de l'argent dans les W.-C...

Tout cela était dit sur un ton indifférent, comme si le commissaire eût à peine pris cette affaire au sérieux.

— Et voilà, jeune homme, comment on tourne mal !... Mettez-vous à table ! C'est ce que vous avez de mieux à faire... On pourra peut-être vous en tenir compte...

Sonnerie de téléphone. Tout le monde se tut, sauf un inspecteur qui décrocha.

— Allô ! oui... Bon !... Dites-lui que le fourgon passera tout à l'heure...

Et, aux autres, après avoir raccroché :

— C'est pour la bonniche qui s'est suicidée... Les patrons ont hâte de voir partir le corps...

Chabot regardait fixement le plancher sale. Il serrait les dents si fort qu'on ne les eût pas desserrées avec la lame d'un couteau.

— Où avez-vous attaqué Graphopoulos ?... Dans la boîte de nuit ?... A la sortie ?...

— Ce n'est pas vrai ! râla Jean. Je vous jure, sur la tête de mon père...

— Ça va ! Laissez votre père tranquille ! Son cas n'est déjà pas drôle comme ça...

Et ces mots déclenchèrent un tremblement convulsif. Jean regarda autour de lui avec épouvante. Il réalisait seulement sa situation. Il comprenait que, dans une heure ou deux, ses parents seraient au courant !

— Ce n'est pas possible ! Ce n'est pas vrai ! Je ne veux pas ! hurla-t-il.

— Doucement, jeune homme !

— Je ne veux pas ! Je ne veux pas ! Je ne veux pas !...

Et il se jeta sur un inspecteur qui était entre lui et la porte. La lutte fut courte. Le jeune homme ne savait même pas ce qu'il voulait. Il était hors de lui. Il criait. Il hoquetait. Et il finit par rouler par terre en gémissant toujours, en se tordant les bras.

Les autres le regardaient en fumant, en échangeant des coups d'œil.

— Un verre d'eau, Dubois !... Qui est-ce qui a du tabac ?...

Et le verre d'eau fut lancé au visage de Chabot, dont la crise nerveuse dégénéra en crise de larmes. Ses doigts essayaient de s'enfoncer dans sa gorge.

— Je ne veux pas !... Je ne veux pas !...

Le commissaire haussa les épaules, grommela :

— Tous les mêmes, ces sales gamins... Et tout à l'heure il faudra recevoir le père et la mère !...

L'ambiance n'était comparable qu'à celle d'un hôpital où des médecins sont réunis autour d'un patient qui se débat contre la mort.

Ils étaient cinq à entourer un jeune homme, un gamin. Cinq hommes dans la force de l'âge, qui en avaient vu d'autres et qui ne voulaient pas se laisser émouvoir.

— Allons ! lève-toi ! dit le commissaire avec impatience.

Et Chabot obéit docilement. Sa résistance était brisée. La crise lui avait cassé les nerfs. Il regardait autour de lui avec effroi, comme une bête qui abandonne la lutte.

— Je vous en supplie...

— Dis-nous plutôt d'où vient l'argent !

— Je ne sais pas... Je vous jure... Je...

— Ne jure pas si souvent !

Le complet noir était plaqué de poussière. Et, en essuyant son visage de ses mains sales, Chabot traça sur ses joues des sillons gris.

— Mon père est déjà malade... Une maladie de cœur... Il a eu une crise, l'an dernier, et le médecin a recommandé d'éviter les émotions...

Il parlait d'une voix monotone. Il était abruti.

— Fallait pas faire de bêtises, mon petit !... Et maintenant tu ferais mieux de parler... Qui est-ce qui a frappé ?... Est-ce toi ?... Est-ce Delfosse ?... Encore un qui devait tourner mal, celui-là !... Et même, s'il y en a un à saler, ce sera sans doute lui...

Un nouveau policier entra, salua gaiement les autres, alla s'asseoir à sa table où il feuilleta un dossier.

— Je n'ai pas tué... Je ne savais même pas...

— Bon ! J'admets que tu n'as pas tué...

Maintenant qu'il tutoyait le jeune homme, le commissaire se montrait plus paternel.

— Du moins sais-tu quelque chose... L'argent n'est pas venu tout seul dans ta poche... Tu n'en avais pas hier et tu en as aujourd'hui... Donnez-lui une chaise, vous autres...

Car on voyait nettement Chabot osciller. Il ne tenait plus debout. Il se laissa tomber sur la chaise à fond de paille, se prit la tête à deux mains.

— Ne te presse pas de répondre... Prends ton temps... Dis-toi bien que c'est encore le meilleur moyen de t'en tirer... D'ailleurs, tu n'as pas dix-sept ans... C'est devant le Tribunal pour enfants que tu passeras... Et tu ne risques guère que la maison de correction...

Une idée venait de frapper Chabot, qui regarda autour de lui avec des yeux moins troubles. Tour à tour il fixa ses bourreaux. Il ne voyait personne parmi eux qui ressemblât à l'homme aux larges épaules.

Est-ce qu'il ne s'était pas trompé à son sujet ? L'inconnu était-il bien de la police ? N'était-ce pas plutôt lui l'assassin ? Il était au *Gai-Moulin* la veille. Il était resté après les deux jeunes gens !

Et, s'il les avait suivis, n'était-ce pas justement pour essayer de les faire arrêter à sa place ?

— Je crois que je comprends !... s'écria-t-il, pantelant d'espoir. Oui, je pense que je connais l'assassin... Un homme très grand, très fort, avec un visage rasé...

Le commissaire haussa les épaules. Mais Chabot ne se laissa pas désarçonner.

— Il est entré au *Gai-Moulin* presque tout de suite après le Turc... Il était tout seul... Aujourd'hui, je l'ai revu, alors qu'il me suivait... Et il est allé demander des renseignements sur moi à la légumière...

— Qu'est-ce qu'il raconte ?

L'inspecteur Perronet grommela :

— Je ne sais pas au juste. Mais, en effet, il y avait hier au *Gai-Moulin* un client que personne ne connaissait...

— Quand est-il sorti ?

— En même temps que la danseuse.

Le commissaire regarda attentivement Chabot qui reprenait espoir, puis ne s'occupa plus de lui. C'était aux autres qu'il s'adressait maintenant.

— En somme, quel est l'ordre exact des sorties ?

— D'abord les deux jeunes gens... Du moins une fausse sortie, puisqu'il est établi qu'ils étaient cachés dans la cave... Ensuite le danseur et les musiciens... On fermait... L'homme en question a emmené Adèle, qui est attachée à l'établissement...

— Il restait donc le patron, Graphopoulos et les deux garçons...

— Pardon, un des garçons, celui qu'on appelle Joseph, était parti en même temps que les musiciens...

— Donc, le patron, un garçon et le Grec...

— Et les deux jeunes gens dans la cave...

— Que dit le patron ?

— Que son client est sorti à ce moment et

qu'avec Victor il a éteint les lumières et fermé les portes...

— On n'a plus revu l'autre, dont parle Chabot ?

— Non ! On me l'a décrit aussi comme un homme grand et large d'épaules... Un Français, croit-on, car il n'avait pas l'accent d'ici...

Le commissaire bâilla, marqua quelque impatience dans la façon dont il débourra sa pipe.

— Téléphonez donc au *Gai-Moulin* et demandez à Girard ce qui s'y passe...

Chabot attendait avec anxiété. C'était encore plus affreux que précédemment, parce que maintenant il y avait une lueur d'espoir. Mais il craignait de se tromper. Cette peur était douloureuse. Ses mains se crispaient sur le rebord de la table. Son regard allait de l'un à l'autre, et surtout à l'appareil téléphonique.

— Allô !... Le *Gai-Moulin*, s'il vous plaît, mademoiselle...

Et le policier aux pipes de demander aux autres :

— Alors, c'est entendu, j'écris à mon beau-frère ?... Au fait, qu'est-ce que vous préférez ? Pipes droites ou pipes courbes ?...

— Droites ! répliqua le commissaire.

— Donc, deux douzaines de pipes droites... Dites donc, vous n'avez plus besoin de moi ?... J'ai mon gosse qui a la rougeole et...

— Tu peux aller.

68

Avant de sortir, le policier jeta un dernier coup d'œil à Jean Chabot, demanda à voix basse à son chef :

— On le garde ?

Et le jeune homme, qui avait entendu, essayait de surprendre la réponse, tous les sens tendus.

— Sais pas encore... En tout cas jusqu'à demain... Le Parquet décidera...

Tout espoir était perdu. Les muscles de Jean se détendirent. Qu'on le relâchât le lendemain, c'était trop tard. Ses parents sauraient ! A l'heure même, ils l'attendaient, s'inquiétaient !

Mais il ne pouvait plus pleurer. Tout son être s'avachissait. Il entendit vaguement la conversation téléphonique.

— Girard ?... Alors, qu'est-ce qu'il fait, là-bas ?... Comment ?... Ivre mort ?... Oui, il est toujours ici... Non !... Il nie, bien entendu !... Attends ! je vais demander au patron...

S'adressant au commissaire :

— Girard demande ce qu'il doit faire. Le jeune homme est ivre mort... Il a commandé du champagne et il boit avec la danseuse, qui ne vaut pas beaucoup mieux que lui... On l'arrête ?

Le chef regarda Jean en soupirant.

— Nous en avons déjà un... Non ! qu'on le laisse tranquille... Peut-être commettra-t-il une imprudence... Mais que Girard ne le lâche pas !... Il n'a qu'à nous téléphoner tout à l'heure...

Le commissaire s'était installé dans le seul fauteuil de la pièce et, les yeux clos, il paraissait dormir. Mais le filet de fumée qui s'élevait de sa pipe prouvait qu'il n'en était rien.

Un inspecteur remettait au net l'interrogatoire de Jean Chabot. Un autre faisait les cent pas, attendant avec impatience qu'il fût trois heures pour aller se coucher.

Il faisait plus frais. La fumée elle-même semblait froide. Le jeune homme ne dormait pas. Ses pensées s'embrouillaient. Les deux coudes sur une table, il fermait les yeux, les ouvrait, les fermait à nouveau. Et chaque fois que ses paupières s'écartaient, il voyait un même papier à en-tête sur lequel était écrit en belle anglaise :

Procès-verbal a été dressé au sieur Joseph Dumourois, journalier, domicilié à Flémalle-Haute, pour vol de lapins au préjudice de...

Le reste était caché par un sous-main.

Sonnerie de téléphone. L'inspecteur qui marchait alla décrocher.

— Oui... Bon !... Entendu !... Je vais le lui dire !... Un qui ne s'embêtera pas, celui-là !...

Il s'approcha du chef.

— C'est Girard... Delfosse et la danseuse ont pris un taxi et se sont fait conduire au domicile d'Adèle, rue de la Régence... Ils sont rentrés ensemble... Girard monte la garde...

Dans la brume rougeâtre qui envahissait son cerveau, Jean imagina la chambre d'Adèle, le lit qu'il avait vu défait, la danseuse qui se dévêtait, allumait le réchaud à alcool...

— Vous n'avez toujours rien à dire ? lui demanda le chef sans quitter son fauteuil.

Il ne répondit pas. Il n'en avait pas la force. C'est à peine s'il comprit que c'était à lui qu'on s'adressait.

Un soupir du commissaire, qui dit à l'inspecteur :

— Tu peux aller !... Laisse-moi seulement un peu de tabac...

— Vous croyez que vous arriverez à quelque chose ?

Et le regard désignait la silhouette noire de Jean pliée en deux, le torse sur la table.

Nouveau haussement d'épaules.

Et un grand trou dans la mémoire de Chabot. Un trou noir, grouillant de formes obscures, avec des étincelles rouges qui traversaient le tout sans rien éclairer.

Il se dressa en entendant une sonnerie insistante. Il vit trois grandes fenêtres pâles, des lampes jaunâtres, le commissaire qui se frottait les yeux, saisissait machinalement sa pipe éteinte sur la table et s'avançait, les jambes gourdes, vers le téléphone.

— Allô ! oui... Allô !... La Sûreté, oui !... Mais non, mon vieux... Il est ici... Comment ?... Qu'il vienne le voir si ça lui fait plaisir...

Et le commissaire, la bouche pâteuse, alluma sa pipe, en tira quelques bouffées amères avant de se camper devant Chabot.

— C'est ton père, qui signale ta disparition au commissariat de la 6ᵉ division... Je crois qu'il va venir...

Brutalement des rayons de soleil émergèrent d'un toit voisin, enflammèrent une des vitres, tandis que des hommes de peine arrivaient avec des seaux et des brosses pour nettoyer les locaux.

Une rumeur confuse montait du marché qui se tenait à deux cents mètres, en face de l'hôtel de ville. Les premiers tramways circulaient en sonnaillant comme s'ils eussent pour mission de réveiller la cité.

Jean Chabot, le regard trouble, se passait lentement la main dans les cheveux.

5

Confrontation

Le souffle rauque cessa au moment où Delfosse ouvrait les yeux et aussitôt il se dressa sur son séant, lança autour de lui un regard apeuré.

Les rideaux de la chambre n'avaient pas été fermés et l'ampoule électrique brûlait toujours, mêlant ses rayons jaunes à la lumière du jour. Une rumeur de ville en pleine activité montait de la rue.

Plus près, une respiration régulière. C'était Adèle, à demi dévêtue seulement, couchée sur le ventre, la tête dans l'oreiller. Une chaleur moite se dégageait de son corps. Un pied était encore chaussé et le haut talon s'enfonçait dans l'édredon de soie or.

René Delfosse était malade. Sa cravate l'étranglait. Il se leva pour chercher de l'eau, en trouva dans la carafe, mais ne vit pas de verre. Il but l'eau tiédie à même le récipient, goulûment, se regarda dans le miroir de la toilette.

Son cerveau était lent. Les souvenirs ne venaient qu'un à un et il subsistait des trous. Par exemple, il ne se souvenait pas de la façon dont il était arrivé dans cette chambre. Il interrogea sa montre. Elle était arrêtée, mais l'activité du dehors indiquait qu'il était au moins neuf heures du matin. Une banque, en face, était ouverte.

— Adèle !... appela-t-il pour ne plus être seul.

Elle remua, se mit sur le flanc, en chien de fusil, mais ne s'éveilla pas.

— Adèle !... Il faut que je te parle...

Il la contemplait sans désir. Peut-être même, à ce moment, la chair blanche de la femme l'écœurait-elle un peu ?

Elle ouvrit un œil, haussa les épaules, se rendormit. A mesure qu'il reprenait ses esprits, Delfosse devenait plus nerveux. Son regard trop mobile ne s'arrêtait nulle part. Il marcha vers la fenêtre, reconnut sur le trottoir d'en face l'inspecteur de police qui allait et venait sans quitter la porte des yeux.

— Adèle !... Eveille-toi, pour l'amour de Dieu !...

Il avait peur ! Une peur blanche ! Il ramassa son veston qui était par terre et quand il l'eut endossé il tâta machinalement les poches. Elles ne contenaient pas un centime.

Il but à nouveau et l'eau tombait, trop lourde, trop fade, sur son estomac malade. Un instant il crut qu'il allait vomir, que cela le soulagerait, mais il n'y parvint pas.

La danseuse dormait toujours, les cheveux défaits, le visage luisant. Un sommeil têtu, dans lequel elle semblait s'enfoncer farouchement.

Delfosse remettait ses souliers, apercevait sur

la table le sac de sa compagne. Alors une idée lui vint. Il alla s'assurer que le policier était encore dehors. Puis il attendit que le souffle d'Adèle fût plus régulier.

Il ouvrit le sac sans bruit. Pêle-mêle avec le rouge, la poudre et de vieilles lettres, il y avait environ neuf cents francs qu'il poussa dans sa poche.

Elle n'avait pas bougé. Il marcha vers la porte, sur la pointe des pieds. Il descendit l'escalier mais, au lieu de gagner la rue, il se dirigea vers la cour. C'était la cour de l'épicerie, encombrée de caisses et de tonneaux. Une porte cochère s'ouvrait sur une autre rue, où des camions attendaient.

Delfosse dut faire un effort pour ne pas courir. Et une demi-heure plus tard, il arrivait, en nage, devant la gare des Guillemins.

L'inspecteur Girard serra la main du collègue qui s'approchait de lui.

— Qu'est-ce qu'il y a ?

— Le commissaire demande que tu lui amènes le jeune homme et la danseuse. Voici les mandats.

— L'autre a avoué ?

— Il nie ! Ou plutôt il raconte je ne sais quelle histoire d'argent volé par son ami dans une

chocolaterie. Son père est là-bas. Ce n'est pas
gai...

— Tu viens avec moi ?

— Le patron n'a pas précisé... Pourquoi
pas ?...

Et ils entrèrent dans l'immeuble, frappèrent à
la porte de la chambre. Personne ne répondit.
Alors l'inspecteur Girard tourna le bouton de la
porte qui s'ouvrit. Comme si elle eût senti le danger, Adèle s'éveilla soudain, se souleva sur les
coudes, questionna d'une voix pâteuse :

— Qu'est-ce que c'est ?

— Police ! J'ai un mandat contre vous deux.

» Mais tonnerre de Dieu ! où est passé le jeune
homme ?...

Elle le chercha du regard, elle aussi, tout en
poussant ses jambes hors du lit. Une sorte d'ins-
tinct lui fit repérer son sac et elle se précipita vers
l'objet ouvert, le fouilla fébrilement, glapit :

— Le voyou ! Il a filé avec mon argent !...

— Vous ne saviez pas qu'il était parti ?

— Je dormais... Mais il me le payera !...
Voyez-vous ces crapules de fils à papa !...

Girard avait aperçu un étui à cigarettes en or
sur la table de nuit.

— A qui est-ce ?

— C'est lui qui l'aura oublié ici... Il l'avait
dans les mains hier au soir...

— Habillez-vous !

— On m'arrête ?

76

— J'ai en tout cas un mandat d'amener contre une certaine Adèle Bosquet, exerçant la profession de danseuse. Je suppose que c'est bien vous ?

— Ça va !

Elle ne s'affolait pas. Sa préoccupation dominante ne semblait pas être cette arrestation, mais le vol dont elle venait d'être victime. Tout en remettant de l'ordre dans sa coiffure, elle répéta deux ou trois fois :

— Le voyou !... Et moi qui dormais tranquillement !...

Les deux policiers regardaient autour d'eux en connaisseurs, échangeaient des œillades.

— Vous croyez que ce sera pour longtemps ? questionna-t-elle encore. Parce que alors je prendrais du linge de rechange...

— Savons rien du tout ! On a reçu un ordre...

Elle haussa les épaules, soupira :

— Du moment que je n'ai rien à me reprocher !

Et, se dirigeant vers la porte :

— Je vous attends... Vous avez une voiture, au moins ?... Non ?... Alors j'aime autant marcher toute seule... Vous n'avez qu'à me suivre...

Elle fit claquer rageusement le fermoir de son sac, qu'elle emporta, tandis que l'inspecteur glissait l'étui à cigarettes dans sa poche.

D'elle-même, une fois dehors, elle se dirigea

vers les bureaux de la police où elle entra sans hésitation, ne s'arrêta que dans le large corridor.

— Par ici ! dit Girard. Un moment ! Je vais demander au chef si...

Une fausse manœuvre. Elle était déjà entrée ! Et, du premier coup d'œil, elle se rendait compte de la situation. Sans doute l'attendait-on, car il ne se passait rien. Le commissaire aux moustaches rousses faisait les cent pas dans la vaste pièce. Accoudé à un bureau, Chabot essayait de manger un sandwich qu'on lui avait apporté. Quant à son père, il était debout dans un coin, tête basse.

— Et l'autre ?... lança le chef quand il vit entrer Adèle accompagnée de Girard.

— Parti ! Il a dû filer par une porte de derrière ! D'après mademoiselle, il a emporté le contenu de son sac...

Chabot n'osait regarder personne. Il avait déposé son sandwich à peine entamé.

— De beaux voyous, commissaire !... Ah ! on m'y reprendra à être gentille avec des cocos de cette espèce !...

— Doucement ! Doucement ! Et contentez-vous de répondre à mes questions.

— N'empêche qu'il a emporté toutes mes économies !

— Je vous prie de vous taire.

Girard parlait bas au commissaire, lui remettait l'étui à cigarettes en or.

78

— Dites-moi d'abord comment cet objet est arrivé dans votre chambre. Je suppose que vous le reconnaissez. Vous avez passé avec Graphopoulos sa dernière soirée. Il s'est servi plusieurs fois de cet étui que diverses personnes ont remarqué. Est-ce lui qui vous l'a donné ?

Elle regarda Chabot, puis le commissaire, affirma :

— Non !

— Alors, comment était-il chez vous ?

— C'est Delfosse...

Chabot redressa vivement la tête, voulut se précipiter, commença :

— Ce n'est pas vrai... Elle...

— Vous, allez vous asseoir !... Vous dites, mademoiselle, que c'est René Delfosse qui était en possession de cet étui. Vous rendez-vous compte de la gravité de cette accusation ?

Elle ricana :

— Et comment !... Il a bien volé l'argent qu'il y avait dans mon sac, lui...

— Il y a longtemps que vous le connaissez ?

— Peut-être trois mois... Depuis qu'il vient presque tous les jours au *Gai-Moulin* avec cet oiseau-ci... Des purées, d'ailleurs ! J'aurais mieux fait de me méfier... Mais vous savez comment ça va... Ils sont jeunes !... Ça repose d'aller faire une parlote avec eux... Je les traitais en copains, quoi !... Et, quand ils m'offraient un verre, j'avais encore soin de ne pas prendre quelque chose de trop cher...

Elle avait le regard dur.

— Vous avez été leur maîtresse à tous les deux ?

Elle pouffa.

— Même pas !... C'est sans doute ce qu'ils voulaient... Mais ils tournaient autour du pot sans oser se déclarer... Ils venaient chez moi, séparément, sous des prétextes, pour me voir m'habiller...

— Le soir du crime, vous avez bu du champagne avec Graphopoulos. Est-ce qu'il était convenu que vous le suivriez après la soirée ?

— Pour qui me prenez-vous ?... Je suis danseuse...

— Entraîneuse, plus exactement... On sait ce que cela veut dire... Vous êtes partie avec lui ?

— Non !

— Il vous a fait des propositions ?

— Oui et non. Il m'a parlé d'aller le retrouver à son hôtel, je ne sais même plus où. Je n'ai pas fait attention...

— Vous n'êtes pas sortie seule.

— C'est exact. Au moment où j'atteignais le seuil, un autre client, que je ne connais pas et qui doit être français, m'a demandé où se trouve la place Saint-Lambert. Je lui ai dit que j'allais de ce côté. Il m'a accompagnée un bout de chemin, puis soudain il m'a déclaré :

» — Bon ! j'ai oublié mon tabac au bar...

» Et il a fait demi-tour...

— Un homme de forte corpulence ?

— C'est cela !

— Vous êtes rentrée directement chez vous ?

— Comme chaque nuit.

— Et vous avez appris le crime le lendemain par les journaux ?

— Ce jeune homme était chez moi. C'est lui qui m'a dit...

Deux ou trois fois déjà Chabot avait voulu intervenir, mais le commissaire le calmait d'un regard. Quant au père, il était toujours debout à la même place.

— Vous n'avez pas la moindre idée sur cet assassinat ?

Elle ne répondit pas tout de suite.

— Parlez ! Chabot vient d'avouer que ce soir-là, en compagnie de son ami, il était caché dans l'escalier de la cave, au *Gai-Moulin*.

Elle ricana.

— Il prétend qu'ils n'en voulaient tous les deux qu'à la caisse. Lorsqu'ils sont entrés dans la salle, un quart d'heure environ après la fermeture, ils auraient aperçu le cadavre de Grapho-poulos...

— Sans blague !

— Selon vous, qui aurait pu commettre le crime ? Attendez ! Nous nous trouvons devant un nombre restreint de coupables possibles. D'abord

Génaro, le patron de la boîte. Il prétend qu'il est parti tout de suite après vous en compagnie de Victor. Il affirme que Graphopoulos était déjà sorti.

Elle haussa les épaules tandis que Chabot la regardait d'un air à la fois dur et suppliant.

— Vous ne croyez pas à la culpabilité de Génaro, ni de Victor ?

— C'est idiot ! laissa-t-elle tomber avec indifférence.

— Reste le client inconnu que vous prétendez avoir accompagné quelques instants. Il a pu revenir sur ses pas, seul ou avec vous...

— Et comment serait-il entré ?

— Vous êtes depuis assez longtemps de la maison pour vous être procuré une fausse clef !

Nouveau haussement d'épaules.

— N'empêche que c'est Delfosse qui avait l'étui à cigarettes ! riposta-t-elle. Et que c'était lui qui était caché !

— C'est faux ! L'étui était chez vous, le lendemain à midi ! cria Chabot. Je l'ai vu ! Je le jure !...

Elle répéta :

— C'était Delfosse...

En un instant il y eut une cacophonie qu'interrompit l'arrivée d'un agent, qui parla bas au commissaire.

— Faites entrer !

On vit arriver un bon bourgeois d'une cinquantaine d'années, au ventre bedonnant barré d'une épaisse chaîne de montre. Il éprouvait le besoin de prendre un air digne, voire solennel.

— On m'a demandé de passer... commença-t-il en regardant autour de lui avec étonnement.

— C'est vous, monsieur Lasnier ! intervint le commissaire. Veuillez vous asseoir. Vous m'excuserez de vous avoir dérangé, mais je voudrais savoir si, au cours de la journée d'hier, vous vous êtes aperçu qu'il manquait de l'argent dans votre tiroir-caisse.

Le chocolatier de la rue Léopold montra des yeux ronds, répéta :

— Mon tiroir-caisse ?...

Et M. Chabot père le regardait avec angoisse, comme si de sa réponse allait découler son opinion sur l'affaire.

— Je suppose que si on y prenait deux mille francs, par exemple, cela se remarquerait ?

— Deux mille francs ?... Vraiment, je ne comprends pas...

— Peu importe ! Répondez à ma question ! Avez-vous constaté un trou dans la caisse ?...

— Pas du tout !

— Vous avez bien reçu hier la visite de votre neveu ?

— Attendez... Oui, je crois qu'il est passé, comme cela lui arrive de temps en temps... Pas tant pour me voir que pour faire des provisions de chocolat...

— Vous n'avez jamais remarqué que votre neveu volait de l'argent dans la caisse ?

— Monsieur !

Le chocolatier s'indignait, semblait prendre les autres à témoin de l'injure qui était faite à sa famille.

— Mon beau-frère est assez riche pour donner à son fils tout ce dont il a besoin...

— Excusez-moi, monsieur Lasnier. Je vous remercie...

— C'est tout ce que vous vouliez me...

— Tout ce que je voulais vous demander, oui !

— Mais qu'est-ce qui vous fait croire ?...

— Je ne puis rien vous dire pour le moment... Girard !... Reconduisez M. Lasnier...

Et le commissaire se remit à marcher tandis qu'Adèle questionnait avec effronterie :

— On a encore besoin de moi ici ?

Il la regarda d'une façon suffisamment éloquente pour la faire taire. Et, pendant près de dix minutes, ce fut le silence. On devait attendre quelqu'un ou quelque chose. M. Chabot n'osait pas fumer. Il n'osait pas regarder son fils. Il était aussi gêné de sa personne qu'un client pauvre dans l'antichambre d'un grand médecin.

Jean, lui, suivait le commissaire des yeux et chaque fois que celui-ci passait près de lui il avait des velléités de lui parler.

Enfin on entendit des pas dans le corridor. Des coups furent frappés à la porte.

— Entrez !

Deux hommes arrivaient, Génaro, court et râblé, vêtu d'un complet clair à martingale, et Victor, que Chabot n'avait jamais vu en tenue de ville et qui, tout en noir, avait l'air d'un ecclésiastique.

— J'ai reçu votre convocation il y a une heure et... commença l'Italien avec volubilité.

— Je sais ! Je sais ! Veuillez plutôt me dire si, cette nuit, vous avez vu l'étui à cigarettes de Graphopoulos entre les mains de René Delfosse.

Génaro fit une révérence pour s'excuser.

— Personnellement, je ne m'occupe pas beaucoup des clients, mais Victor pourra vous dire...

— Parfait ! Alors, répondez, vous !

Jean Chabot regardait le garçon dans les yeux. Sa respiration était forte. Mais Victor baissa les paupières d'un air patelin, murmura :

— Je ne voudrais pas faire du tort à ces jeunes gens, qui ont toujours été très gentils envers moi. Mais je suppose que je dois dire la vérité, n'est-ce pas ?

— Répondez par oui ou par non !

— Eh bien, oui... Il l'avait... Même que j'ai failli lui conseiller d'être prudent...

— Par exemple ! s'indigna Jean. C'est trop fort ! Vous n'avez pas honte, Victor ?... Ecoutez, monsieur le commissaire...

— Silence ! Dites-moi maintenant ce que vous

85

pensez de la situation pécuniaire de ces jeunes gens.

Et Victor, embarrassé, de soupirer, comme à regret :

— Bien sûr qu'ils me devaient toujours de l'argent... Et pas seulement le prix des consommations !... Il leur arrivait de m'emprunter des petites sommes...

— Quelle impression vous a faite Graphopoulos ?

— Un riche étranger de passage. Ce sont les meilleurs clients. Il a tout de suite commandé du champagne, sans demander le prix. Il m'a donné cinquante francs de pourboire...

— Et vous avez aperçu plusieurs billets de mille francs dans son portefeuille...

— Oui... Il était bien bourré... Surtout des billets français... Point de billets belges...

— C'est tout ce que vous avez remarqué ?

— Il avait une très belle perle à sa cravate.

— A quel moment est-il parti ?

— Un peu après Adèle, qu'accompagnait un autre client. Un gros, qui n'a bu que de la bière et qui m'a donné vingt sous de pourboire. Un Français ! Il fumait du tabac gris.

— Vous êtes resté seul avec le patron ?

— Le temps d'éteindre les lampes et de fermer la porte.

— Et vous êtes rentré directement chez vous ?

86

— Comme toujours ! M. Génaro m'a quitté au bas de la rue Haute-Sauvenière, où il habite.

— Le matin, en prenant votre service, vous n'avez remarqué aucun désordre dans la salle ?

— Aucun... Il n'y avait de sang nulle part... Les femmes de ménage étaient là et je les ai surveillées...

Génaro écoutait d'une oreille distraite, comme si cela ne le concernait aucunement. Le commissaire l'interpella.

— Est-il vrai que vous laissez généralement la recette de la soirée dans le tiroir-caisse ?

— Qui vous a dit cela ?

— Peu importe ! Répondez à la question.

— Pas du tout ! J'emporte l'argent avec moi, sauf la petite monnaie.

— C'est-à-dire ?

— Une moyenne de cinquante francs de pièces que je laisse dans le tiroir.

— Mais ce n'est pas vrai ! hurla littéralement Jean Chabot. Dix fois, vingt fois, je l'ai vu sortir en laissant...

Et Génaro :

— Comment ? C'est lui qui prétend que... ?

Il avait l'air sincèrement étonné. Il se tourna vers la jeune femme.

— Adèle vous dira...

— Bien sûr !

— Ce que je ne comprends pas, par exemple, c'est comment ces jeunes gens peuvent affirmer qu'ils ont vu le cadavre à l'intérieur de l'établissement. Graphopoulos est parti avant moi. Il n'a pas pu rentrer. Le crime a été commis dehors, je ne sais pas où... Je regrette de devoir être aussi catégorique. Ce sont des clients aussi... Et même j'avais pour eux une certaine sympathie... La meilleure preuve, c'est que je leur faisais crédit. Mais la vérité est la vérité et le cas est assez grave pour...

— Je vous remercie !

Il y eut un moment d'hésitation. Génaro questionna enfin :

— Je puis m'en aller ?

— Vous et votre garçon, oui ! Si j'ai encore besoin de vous, je vous le ferai savoir.

— Je suppose qu'il n'y a pas d'objection à ce que l'établissement reste ouvert ?

— Aucune !

Et Adèle questionna :

— Et moi ?

— Rentrez chez vous !

— Je suis libre ?

Le commissaire ne répondit pas. Il était soucieux. Il caressait avec obstination le fourneau de sa pipe. Quand les trois personnages furent dehors, on sentit le vide.

Il n'y avait plus là que le commissaire, Jean Chabot et son père. Et tout le monde se taisait.

Ce fut M. Chabot qui parla le premier. Il hésita longtemps. Enfin il toussa, commença :

— Excusez-moi... Mais, est-ce que vous croyez vraiment... ?

— Quoi ? répliqua l'autre, bougon.

— Je ne sais pas... Il me semble...

Et il esquissait un geste pour compléter sa pensée imprécise. Un geste imprécis qui signifiait : « ... Il me semble qu'il y a dans tout cela quelque chose de pas très net, de pas très clair... Quelque chose d'équivoque... »

Jean s'était levé. Il avait repris une certaine énergie. Il osa regarder son père.

— Ils mentent tous ! articula-t-il nettement. Cela, je le jure ! Est-ce que vous me croyez, monsieur le commissaire ?

Pas de réponse.

— Est-ce que tu me crois, père ?

M. Chabot commença par détourner la tête. Puis il balbutia :

— Je ne sais pas...

Et enfin, écoutant son bon sens :

— Ce qu'il faudrait retrouver, c'est le Français dont ils parlent.

Le commissaire devait être irrésolu, car il circulait à grands pas rageurs.

— En tout cas, Delfosse a disparu ! grommela-t-il, pour lui-même plutôt que pour ses interlocuteurs.

Il marcha encore, reprit après un temps :

— Et deux témoins affirment qu'il était en possession de l'étui à cigarettes !

Il se promenait toujours, suivait sa pensée :

— Et vous étiez tous les deux dans la cave !...
Et, cette nuit, vous avez essayé de jeter dans les
W.-C. des billets de cent francs... Et...

Il s'arrêta, les regarda l'un après l'autre.

— Jusqu'au chocolatier qui n'admet pas qu'on
lui ait volé de l'argent !

Il sortit, les laissant en tête à tête. Mais ils n'en
profitèrent pas. Quand il revint, le père et le fils
étaient chacun à leur place primitive, à cinq
mètres l'un de l'autre, chacun enfermé dans un
silence farouche.

— Tant pis ! Je viens de téléphoner au juge
d'instruction ! Désormais, c'est lui qui a la haute
direction de l'enquête ! Il ne veut pas entendre
parler de mise en liberté provisoire. Si vous avez
une faveur à demander, adressez-vous au juge de
Conninck...

— François ?

— Je crois que c'est son prénom.

Et le père, à voix basse, honteuse, de murmurer :

— Nous étions au collège ensemble.

— Eh bien ! allez le voir, si vous croyez que
ça serve à quelque chose. Mais j'en doute, car je
le connais ! En attendant, il m'a donné l'ordre
de faire conduire votre fils à la prison Saint-Léonard...

Ces mots rendirent un son sinistre. Jusque-là,
il n'y avait rien de définitif.

Prison Saint-Léonard ! L'affreuse bâtisse noire enlaidissant tout un quartier, en face du Pont-Maguin, avec ses tourelles moyenâgeuses, ses meurtrières, ses barreaux de fer...

Jean, tout pâle, se taisait.

— Girard !... appela le commissaire en ouvrant une porte. Prenez deux agents, la voiture...

Ces mots-là suffisaient. On attendit.

— Vous ne risquez rien à aller voir M. de Conninck ! soupira le commissaire pour dire quelque chose. Du moment que vous étiez à l'école ensemble...

Mais sa physionomie exprimait nettement sa pensée : il mesurait la différence entre le magistrat, fils de magistrats, apparenté aux plus hautes notabilités de la ville, et le comptable dont le fils avouait lui-même qu'il avait voulu cambrioler une boîte de nuit.

— C'est prêt, patron !... vint dire l'inspecteur. Est-ce qu'il faut...

Quelque chose brillait dans ses mains. Le commissaire haussa les épaules affirmativement.

Et ce fut un geste rituel, si vite fait que le père ne s'en rendit compte que quand ce fut fini. Girard avait saisi les deux mains de Jean. Un claquement d'acier.

— Par ici !

Les menottes ! Et deux agents en uniforme qui attendaient dehors, près d'une voiture !

Jean fit plusieurs pas. On put croire qu'il partirait sans rien dire. Pourtant, à la porte, il se retourna. On reconnut à peine sa voix.

— Je te jure, père !...

— Dis donc, à propos des pipes, j'ai pensé ce matin que si on en commandait trois douzaines...

C'était l'inspecteur aux pipes qui entrait sans rien voir, qui apercevait soudain le dos du jeune homme, un poignet, le reflet des menottes, et qui s'interrompait :

— Alors, ça y est ?

Le geste voulait dire : « Bouclé ? »

Le commissaire désigna M. Chabot qui s'était assis, se prenait la tête à deux mains et sanglotait comme une femme.

L'autre continua à parler bas :

— ... On trouvera toujours bien à placer l'autre douzaine dans les divisions... A ce prix-là !...

Un bruit de portière. Le grincement du démarreur...

Le commissaire, gêné, disait à M. Chabot :

— Vous savez... Il n'y a encore rien de définitif...

Il mentit :

— ... et surtout si vous êtes l'ami de M. de Conninck !

Et le père, battant en retraite, esquissa un pâle sourire de remerciement.

6

Le fuyard

A une heure, les journaux locaux paraissaient et tous avaient en première page des titres sensationnels. La *Gazette de Liège*, le journal bien-pensant, imprimait :

L'affaire de la malle d'osier
Le crime a été commis par deux jeunes débauchés

La *Wallonie socialiste* écrivait de son côté :

Le crime de deux jeunes bourgeois

L'arrestation de Jean Chabot était annoncée, ainsi que la fuite de Delfosse. Déjà la maison de la rue de la Loi avait été photographiée.

Et on lisait :

... Aussitôt après l'entrevue pathétique qu'il a eue avec son fils dans les locaux de la Sûreté, M. Chabot s'est enfermé chez lui et s'est refusé à toute déclaration. Mme Chabot, très ébranlée, a dû s'aliter...

93

... Nous avons pu joindre M. Delfosse au moment où il revenait de Huy où il possède des usines. C'est un homme énergique, d'une cinquantaine d'années, dont le regard clair ne se voile pas un seul instant. Il a reçu le choc avec sang-froid. Il ne croit pas à la culpabilité de son fils et il annonce son intention de s'occuper personnellement de cette affaire...

... A la prison Saint-Léonard, on nous déclare que Jean Chabot est très calme. Il attend la visite de son avocat avant de comparaître devant le juge d'instruction de Conninck qui a été saisi de l'affaire...

La rue de la Loi était quiète, comme d'habitude. On voyait les enfants entrer dans la cour de l'école, où ils jouaient en attendant l'heure de la classe.

Entre les pavés, il y avait des touffes d'herbe, et une femme, vers le numéro 48, lavait son seuil à la brosse de chiendent.

Pour seul bruit, les coups espacés sur l'enclume d'un forgeron en cuivre.

Mais, plus souvent que d'habitude, des portes s'ouvraient. Quelqu'un avançait la tête, jetant un coup d'œil dans la direction du numéro 53. On échangeait quelques mots, de seuil à seuil.

— Est-il possible qu'il ait fait ça !... C'est encore un gamin... Quand je pense qu'il n'y a pas si longtemps il jouait encore sur le trottoir avec les miens...

— Je le disais bien à mon mari quand je l'ai vu deux fois rentrer ivre... A son âge !...

Tous les quarts d'heure, à peu près, un coup de sonnette résonnait dans le corridor des Chabot. C'était l'étudiante polonaise qui ouvrait la porte.

— M. et Mme Chabot ne sont pas ici... disait-elle avec un fort accent.

— La *Gazette de Liège*... Voulez-vous leur dire que...

Et le reporter se démanchait le cou pour apercevoir quelque chose à l'intérieur. Il distinguait vaguement la cuisine, le dos d'un homme assis.

— Ce n'est pas la peine... Ils ne sont pas là...

— Pourtant...

Elle refermait la porte. Le journaliste se contentait de questionner les voisins.

Un journal publiait un sous-titre donnant un autre son de cloche que les autres.

Où est l'homme aux larges épaules ?

Et il imprimait ensuite :

Tout le monde, jusqu'ici, semble croire à la culpabilité de Delfosse et Chabot. Sans vouloir prendre leur défense et en nous tenant à l'objectivité des faits, il nous est pourtant permis de nous

95

*étonner de la disparition d'un témoin important :
le client aux larges épaules qui se trouvait au
Gai-Moulin la nuit du crime.*

*D'après le garçon de café, ce serait un Fran-
çais, qui a été aperçu pour la première et la dernière fois ce soir-là. A-t-il déjà quitté la ville ?
Préfère-t-il ne pas être interrogé par la police ?*

*La piste n'est peut-être pas négligeable et, au
cas où les deux jeunes gens seraient innocents,
ce serait sans doute de ce côté que viendrait la
lumière.*

*Nous croyons savoir, d'ailleurs, que le commis-
saire Delvigne, qui poursuit l'enquête en étroite
collaboration avec le juge d'instruction, a donné
à la brigade des garnis et à la police de la voie
publique les ordres nécessaires pour que le mystérieux client du Gai-Moulin soit retrouvé...*

Le journal parut un peu avant deux heures. A
trois heures, un homme corpulent, aux joues cou-
perosées, se présentait à la police, demandait
M. Delvigne et déclarait :

— Je suis le gérant de l'*Hôtel Moderne*, rue
du Pont-d'Avroy. Je viens de lire les journaux et
je crois que je puis vous donner des renseignements sur l'homme que vous cherchez.

— Le Français ?

— Oui. Et aussi sur la victime. Je ne m'occupe
pas beaucoup, en général, des racontars de journaux et c'est pourquoi je me suis aperçu si tard

96

de ce que je vais vous dire. Voyons... Quel jour sommes-nous ?... Vendredi... C'était donc mercredi... C'est bien mercredi que le crime a été commis, n'est-ce pas ?... Je n'étais pas là... Je m'étais rendu à Bruxelles pour affaires... Un client s'est présenté, qui avait un fort accent étranger et qui n'avait pour tout bagage qu'une mallette en porc... Il a demandé une grande chambre donnant sur la rue et il est monté immédiatement... Quelques minutes plus tard, un autre client prenait une chambre voisine...

» D'habitude, on fait remplir la fiche à l'arrivée... Je ne sais pas pourquoi il en a été autrement... Je suis rentré à minuit. J'ai jeté un coup d'œil sur le tableau des clefs...

» — Vous avez les fiches ? ai-je demandé à la caissière.

» — Sauf de deux voyageurs, qui sont sortis tout de suite après leur arrivée.

» Jeudi matin, un seul des deux était rentré. Je ne me suis pas inquiété de l'autre, me disant qu'il avait dû faire quelque galante rencontre.

» Au cours de la journée, je n'ai pas eu l'occasion de rencontrer mon homme et ce matin on m'a dit qu'il avait payé sa note et qu'il était parti.

» Comme la caissière lui demandait de remplir sa fiche, il a haussé les épaules en grommelant que ce n'était plus la peine.

— Pardon ! intervint le commissaire. C'est

celui-là qui correspond au signalement de l'homme aux larges épaules ?

— Oui... Il est parti avec son sac de voyage, vers neuf heures...

— Et l'autre ?

— Comme il n'était pas rentré, j'ai eu la curiosité de pénétrer dans sa chambre à l'aide du passe-partout que nous sommes obligés de posséder pour les cas urgents. Or, sur la mallette en porc, j'ai lu un nom gravé : *Ephraïm Graphopoulos*. C'est ainsi que j'ai appris que l'individu trouvé dans la malle d'osier avait été mon locataire...

— Si je comprends bien, ils sont arrivés mercredi après-midi, quelques heures avant le crime, l'un derrière l'autre. Comme s'ils descendaient du même train, en somme !

— Oui ! du rapide de Paris.

— Et ils sont sortis le soir l'un derrière l'autre.

— Sans avoir rempli leur fiche !

— Seul le Français est revenu et ce matin il a disparu.

— C'est cela ! J'aimerais mieux, si c'était possible, ne pas voir publier le nom de l'hôtel, car il y a des clients que cela impressionne.

Seulement, à la même heure, un des garçons du *Moderne* racontait exactement la même chose à un journaliste. Et à cinq heures, dans les dernières éditions de toutes les feuilles, on lisait :

L'enquête prend une nouvelle tournure
L'homme aux larges épaules est-il l'assassin ?

C'était une belle journée. La vie coulait dans les rues ensoleillées de la ville. Un peu partout les agents essayaient de reconnaître parmi les passants le Français recherché. A la gare, il y avait un inspecteur derrière chaque employé préposé aux billets et les voyageurs étaient examinés des pieds à la tête.

Rue du Pot-d'Or, un camion déchargeait en face du *Gai-Moulin* des caisses de champagne que l'on descendait au fur et à mesure à la cave, en traversant la salle où régnait une ombre fraîche. Génaro surveillait, en bras de chemise, la cigarette aux lèvres. Et il haussait les épaules quand il voyait des passants s'arrêter, murmurer avec un petit frisson

— C'est ici !...

Ils essayaient de voir à l'intérieur, dans la pénombre où on ne distinguait guère que les banquettes de peluche grenat et les tables de marbre.

A neuf heures, on alluma les lampes et les musiciens accordèrent leurs instruments. A neuf heures et quart, six journalistes étaient au bar et, installés, discutaient passionnément.

A neuf heures et demie, la salle était plus qu'à moitié pleine, ce qui n'arrivait pas une fois par an. Non seulement il y avait là tous les jeunes fréquentant les boîtes de nuit et les dancings, mais encore des personnes sérieuses, mettant pour la première fois de leur vie les pieds dans un endroit mal famé.

On voulait voir. Personne ne dansait. On regardait tour à tour le patron, Victor, le danseur professionnel. Des gens se dirigeaient invariablement vers les lavabos pour contempler le fameux escalier de la cave.

— Pressons ! Pressons ! lançait Génaro aux deux garçons qui étaient débordés.

Et il adressait des signes à l'orchestre ; il demandait à voix basse à une femme :

— Tu n'as pas vu Adèle ? Il est temps qu'elle arrive !

Car Adèle était la grande attraction. C'était elle surtout que les curieux voulaient regarder de plus près.

— Attention ! souffla un journaliste à l'oreille d'un confrère. Ils sont ici...

Et il désignait deux hommes qui occupaient une table près de la portière de velours. Le commissaire Delvigne buvait de la bière dont la mousse s'accrochait à ses moustaches rousses. A côté de lui, l'inspecteur Girard dévisageait les consommateurs.

A dix heures, l'atmosphère était caractéristique. Ce n'était plus le *Gai-Moulin* habituel, avec ses quelques clients réguliers et les voyageurs à la recherche d'une compagne d'un soir.

De par la présence des journalistes surtout, cela

100

rappelait à la fois le grand procès de cour d'assises et la soirée de gala.

Les mêmes gens étaient là. Non seulement les reporters, mais les chroniqueurs. Un directeur de journal était venu en personne. Puis tous ceux qui ont l'habitude de se retrouver dans les grands cafés, les viveurs, comme on dit encore en province, et les jolies femmes.

Dans la rue, il y avait une vingtaine de voitures. On se saluait de table à table. On se levait pour distribuer des poignées de main.

— Il se passera quelque chose ?

— Chut ! Pas si haut ! Le rouquin, là-bas, est le commissaire Delvigne. S'il s'est dérangé, c'est que...

— Laquelle est Adèle ? La grosse blonde ?

— Elle n'est pas arrivée !

Elle arrivait. Elle faisait une entrée sensationnelle. Elle portait un ample manteau de satin noir doublé de soie blanche. Elle avançait d'abord de quelques pas, s'arrêtait, regardait à la ronde puis, nonchalante, se dirigeait vers l'orchestre, tendait la main au chef.

Eclair de magnésium. Un photographe venait de prendre un cliché pour son journal et la jeune femme haussait les épaules, comme si cette popularité lui eût été indifférente.

— Cinq portos, cinq !

Victor et Joseph étaient sur les dents. Ils se faufilaient entre les tables.

On eût dit une fête, mais une fête où chacun était là pour regarder les autres. Les danseurs professionnels gravitaient seuls sur la piste.

— Ce n'est pas si extraordinaire que ça ! disait une femme que son mari conduisait pour la première fois dans un cabaret. Je ne vois pas ce qu'il y a de répréhensible.

Génaro s'approcha des policiers.

— Excusez-moi, messieurs. Je voudrais vous demander un conseil. Est-ce qu'il faut faire les numéros, comme d'habitude ?... Maintenant, Adèle devrait danser...

Le commissaire haussa les épaules en regardant ailleurs.

— Ce que j'en disais, c'était pour ne pas vous contrarier...

La jeune femme était au bar, entourée par les journalistes qui la questionnaient.

— En somme, Delfosse a volé le contenu de votre sac. Il était votre amant depuis longtemps ?

— Il n'était même pas mon amant !

Elle manifestait un certain embarras. Il lui fallait faire un effort pour subir le feu de tous les regards.

— Vous avez bu le champagne avec Graphopoulos. A votre avis, quel genre d'homme était-ce ?

— Un chic type ! Mais laissez-moi...

Elle alla au vestiaire retirer son manteau, s'approcha un peu plus tard de Génaro.

— Je danse ?

Il n'en savait rien. Il regardait toute cette foule avec une pointe d'inquiétude, comme s'il craignait d'être submergé.

— Je me demande ce qu'ils attendent.

Elle alluma une cigarette, s'accouda au bar, le regard lointain, sans répondre aux questions que les reporters continuaient à lui poser.

Une grosse commère disait à voix haute :

— C'est ridicule de payer dix francs une limonade ! Il n'y a même rien à voir !

Il y eut quelque chose à voir, pourtant, mais seulement pour ceux qui connaissaient les personnages du drame. Le chasseur en rouge souleva à certain moment la portière et on entrevit un homme d'une cinquantaine d'années, aux moustaches argentées, qui fut surpris en apercevant tant de monde.

Il fut tenté de reculer. Mais son regard rencontra celui d'un journaliste qui l'avait reconnu et qui donnait un coup de coude à son voisin. Alors il entra, l'air dégagé, en secouant la cendre de sa cigarette.

Il portait beau. Il était habillé avec une remarquable élégance. On sentait l'homme habitué à la vie large autant qu'à l'existence nocturne.

Il marcha droit vers le bar, avisa Génaro.

— Vous êtes le patron de la boîte ?

— Oui, monsieur.

— M. Delfosse ! Il paraît que mon fils vous devait de l'argent ?

— Victor !

Et Victor accourut.

— C'est le père de M. René qui demande combien son fils te devait.

— Attendez que je consulte mon carnet... M. René tout seul ou bien M. René et son ami ?... hum !... Cent cinquante et soixante-quinze... Et dix et les cent vingt d'hier...

M. Delfosse lui tendit un billet de mille francs, laissa tomber sèchement :

— Gardez le tout !

— Merci, monsieur ! Merci beaucoup ! Vous ne voulez pas prendre quelque chose ?

Mais M. Delfosse regagnait la sortie sans regarder personne. Il passa près du commissaire qu'il ne connaissait pas. Au moment où il franchissait la portière, il frôla un nouvel arrivant, n'y prit garde et remonta dans sa voiture.

C'était pourtant le principal événement de la soirée qui se préparait. L'homme qui entrait était grand, large d'épaules, avec un visage épais, un regard calme.

Adèle, qui le vit la première, peut-être parce qu'elle ne cessait de guetter la porte, écarquilla les prunelles, se montra toute désemparée.

Le nouveau venu marchait droit vers elle, lui tendait une main grasse.

— Vous allez bien, depuis l'autre soir ?

Elle essaya d'esquisser un sourire.

— Merci ! Et vous ?

Des journalistes chuchotaient en le regardant.

— Tout ce que tu veux que c'est lui ?

— Il ne viendrait pas ici ce soir !

Comme par bravade, l'homme tira de sa poche un paquet de tabac gris et se mit en devoir de bourrer sa pipe.

— Un pale-ale ! lança-t-il à Victor qui passait, un plateau chargé à bout de bras.

Victor fit un signe affirmatif, poursuivit sa course, passa près des deux policiers et souffla rapidement :

— C'est lui !

Comment la nouvelle se répandit-elle ? Toujours est-il qu'une minute plus tard tous les regards étaient braqués sur l'homme aux larges épaules qui, une cuisse sur un haut tabouret du bar, l'autre jambe pendante, buvait sa bière anglaise à petites gorgées en contemplant le public à travers le verre embué.

Trois fois Génaro dut faire claquer ses doigts pour décider le jazz à jouer un nouveau morceau. Et le danseur professionnel lui-même, tout en dirigeant sa partenaire sur le parquet ciré, ne quittait pas l'homme des yeux.

Le commissaire Delvigne et l'inspecteur échangeaient des petits signes. Des journalistes les observaient.

— On y va ?

Ils se levèrent ensemble, se dirigèrent vers le bar d'une démarche nonchalante.

Le commissaire aux moustaches rousses s'accouda devant l'homme. Girard se plaça derrière, prêt à le ceinturer.

La musique ne cessa pas. Et, pourtant, tout le monde eut l'impression d'un silence anormal.

— Pardon ! Vous êtes bien descendu à l'*Hôtel Moderne* ?

Un lourd regard se posa sur celui qui parlait.

— Après ?

— Je crois que vous avez oublié de remplir votre fiche.

Adèle était à trois pas, le regard rivé à l'inconnu. Génaro faisait partir le bouchon d'une bouteille de champagne.

— Si vous n'y voyez pas d'inconvénient, je désirerais que vous veniez la remplir à mon bureau. Attention ! Pas d'esclandre...

Le commissaire Delvigne scrutait les traits de son partenaire et se demandait en vain ce qui, en lui, l'impressionnait.

— Vous me suivez ?

— Un instant...

Il porta la main à sa poche. L'inspecteur Girard crut qu'il voulait en sortir un revolver et il eut la maladresse de tirer le sien.

Des gens se levèrent. Une femme poussa un cri d'effroi. Mais l'homme ne voulait que prendre de la monnaie, qu'il posa sur le bar en disant :

106

— Je vous suis !

La sortie fut loin d'être discrète. La vue du revolver avait effrayé les clients, sinon ils eussent sans doute formé la haie. Le commissaire marchait le premier. Puis l'homme. Puis Girard, qui était pourpre à cause de sa fausse manœuvre.

Un photographe fit éclater du magnésium. Une voiture attendait devant la porte.

— Vous voudrez bien monter...

Il n'y avait que trois minutes de chemin pour atteindre les bureaux de la police. Des inspecteurs en service de nuit étaient occupés à jouer au piquet et à boire des demis qu'ils avaient fait venir d'un café voisin.

L'homme entra comme chez lui, retira son chapeau melon, alluma une grosse pipe qui s'harmonisait avec sa face empâtée.

— Vous avez des papiers ?

Delvigne était nerveux. Il y avait quelque chose qui ne lui plaisait pas dans cette affaire et il ne savait pas quoi.

— Pas de papiers du tout !

— Où avez-vous déposé votre valise quand vous avez quitté l'*Hôtel Moderne* ?

— Je n'en sais rien !

Un regard aigu du commissaire qui se troubla, parce qu'il eut l'impression que son interlocuteur s'amusait comme un enfant.

— Vos nom, prénoms, profession, domicile...

— C'est votre bureau, à côté ?

On voyait une porte qui ouvrait sur un petit bureau vide et non éclairé.

— Et après ?

— Venez !

Ce fut l'homme aux larges épaules qui entra le premier, tourna le commutateur, referma la porte.

— Commissaire Maigret, de la Police Judiciaire de Paris ! dit-il alors en tirant de petites bouffées de sa pipe. Allons ! mon cher collègue, je crois que, ce soir, nous avons fait du bon travail. Et vous avez une bien belle pipe !...

7

Le voyage insolite

— Les journalistes ne vont pas accourir, au moins ? Fermez votre porte à clef, voulez-vous ? Il vaut mieux que nous causions en paix.

Le commissaire Delvigne regardait son collègue avec cette involontaire considération que l'on voue, en province, et surtout en Belgique, à tout ce qui vient de Paris. Au surplus, il était gêné de la gaffe qu'il venait de commettre et il voulut s'excuser.

— Du tout ! trancha Maigret. Je tenais absolument à être arrêté ! Je vais plus loin : tout à l'heure, vous me ferez conduire en prison et j'y resterai aussi longtemps que ce sera nécessaire. Vos inspecteurs eux-mêmes doivent croire à la réalité de mon arrestation.

Ce fut plus fort que lui ! Il éclata de rire, tant était drôle la physionomie du Belge. Il regardait Maigret en dessous, en se demandant quelle attitude il devait prendre. On sentait qu'il avait peur d'être ridicule. Et il essayait vainement de savoir si son compagnon plaisantait ou non.

Le rire de Maigret déchaîna le sien.

— Allons ! Allons ! Vous en avez de bonnes ! Vous mettre en prison !... Ha ! Ha !...

— Je vous jure que j'y tiens absolument !

— Ha ! Ha !...

Il résista longtemps. Et quand il vit que son interlocuteur parlait sérieusement, il en fut tout bouleversé.

Ils étaient maintenant assis face à face. Une table surchargée de dossiers les séparait. De temps en temps Maigret avait encore un regard d'admiration à la pipe d'écume de son collègue.

— Vous allez comprendre... dit-il. Je vous demande pardon de ne pas vous avoir mis au courant plus tôt, mais vous verrez tout à l'heure que c'était impossible. Le crime a été commis mercredi, n'est-ce pas ? Bon ! Eh bien, lundi, j'étais à mon bureau, quai des Orfèvres, quand on me fait passer la carte d'un certain Graphopoulos. Comme d'habitude, avant de le recevoir, je téléphone au Service des étrangers pour avoir des renseignements sur lui. Rien ! Graphopoulos venait seulement d'arriver à Paris...

» Dans mon bureau, il me fait l'effet d'un homme momentanément troublé. Il m'explique qu'il voyage beaucoup, qu'il a des raisons de croire qu'on en veut à sa vie et il termine en me demandant combien cela lui coûterait d'être gardé nuit et jour par un inspecteur.

» C'est courant. Je lui communique le tarif. Il insiste pour avoir quelqu'un de tout à fait à la hauteur, mais par contre il répond évasivement à mes questions sur le danger qu'il court et sur ses ennemis possibles.

» Il me donne son adresse au *Grand Hôtel* et le soir même je lui envoie l'inspecteur demandé.

» Le lendemain matin, je me renseigne sur lui. L'ambassade de Grèce me répond qu'il est le fils d'un gros banquier d'Athènes et qu'il mène à travers l'Europe une vie oisive de grand seigneur.

» Je parie que vous l'avez pris pour un aventurier.

— C'est exact. Vous êtes sûr que... ?

— Attendez ! Le mardi soir, l'inspecteur chargé de protéger mon Graphopoulos me dit avec ahurissement que notre homme a passé son temps à essayer de le semer en route. Des petites ruses connues de tous, comme les maisons à deux issues,

110

les taxis successifs et les moyens de transport en commun. Il ajoute que Graphopoulos a pris un billet pour l'avion de Londres de mercredi matin.

» Je peux bien vous l'avouer : l'idée de faire un tour à Londres, surtout en avion, me souriait assez et j'ai pris la filature à mon compte.

» Mercredi matin, Graphopoulos a quitté le *Grand Hôtel* mais, au lieu de se rendre au Bourget, il s'est fait conduire à la gare du Nord où il a pris un billet de chemin de fer pour Berlin...

» Nous avons voyagé dans le même wagon-salon. Je ne sais pas s'il m'a reconnu. Toujours est-il qu'il ne m'a pas adressé la parole.

» A Liège, il est descendu et je suis descendu derrière lui. Il a loué une chambre à l'*Hôtel Moderne* et j'ai choisi une chambre voisine de la sienne.

» Nous avons dîné dans un restaurant, derrière le Théâtre Royal.

— A *La Bécasse* ! interrompit M. Delvigne. On y mange bien !

— Surtout les rognons à la liégeoise, c'est vrai ! Remarquez que j'ai eu l'impression que Graphopoulos mettait les pieds à Liège pour la première fois. C'est à la gare qu'on lui a enseigné l'*Hôtel Moderne*. C'est à l'hôtel qu'on l'a envoyé à *La Bécasse*. Enfin, c'est le chasseur du restaurant qui lui a parlé du *Gai-Moulin*.

— Où il aurait donc échoué par hasard ! dit rêveusement le commissaire Delvigne.

— J'avoue que je n'en sais rien. Je suis entré au cabaret un peu après lui. Une danseuse de l'établissement était déjà installée à sa table, ce qui est assez naturel. A vrai dire, je me suis ennuyé atrocement, car j'ai horreur de ces boîtes de nuit. Ma première idée était qu'il emmènerait la femme. Quand j'ai vu celle-ci prête à partir seule, je l'ai accompagnée un bout de chemin, le temps de lui poser deux ou trois questions. Elle m'a affirmé que c'était la première fois qu'elle voyait l'étranger, qu'il lui avait donné un rendez-vous auquel elle n'irait pas et elle a ajouté que c'était un raseur.

» C'est tout. Je suis revenu sur mes pas. Le patron de la boîte sortait en compagnie du garçon. J'ai pensé que Graphopoulos était parti quand j'avais le dos tourné et je l'ai cherché un instant dans les rues proches.

» Je suis allé jusqu'à l'hôtel m'assurer qu'il n'était pas rentré. Quand je suis revenu vers le *Gai-Moulin*, les portes étaient toujours closes et il n'y avait pas de lumière à l'intérieur.

» Bref, un résultat aussi négatif que possible. N'empêche que je ne prenais pas l'affaire au tragique. J'ai demandé à un agent s'il y avait d'autres boîtes ouvertes. Il m'en a désigné quatre ou cinq, que j'ai visitées consciencieusement, sans retrouver mon Grec.

112

— C'est extraordinaire ! murmura M. Delfosse.

— Attendez ! J'aurais pu me présenter à vous et poursuivre l'enquête de concert avec la police liégeoise. Mais, étant donné qu'on m'avait vu au *Gai-Moulin*, j'ai préféré ne pas donner l'alarme à l'assassin. Il y a, en somme, très peu de coupables possibles. J'ai commencé par les deux jeunes gens, dont la nervosité ne m'avait pas échappé. Cela m'a conduit jusqu'à Adèle et jusqu'à l'étui à cigarettes du mort.

» Vous avez brusqué les choses. Arrestation de Jean Chabot. Fuite de Delfosse. Confrontation générale. Tout cela, je ne l'ai connu que par les journaux.

» Et j'ai appris par la même occasion que j'étais recherché comme un coupable probable.

» C'est tout ! J'en ai profité !

— Profité ?

— Une question d'abord. Est-ce que vous croyez à la culpabilité des deux gamins ?

— A parler franc...

— Bon ! je vois que vous n'y croyez pas. Personne n'y croit et l'assassin sent parfaitement que, d'un moment à l'autre, on va chercher ailleurs. Par conséquent, il prend ses précautions et il ne faut pas compter sur une imprudence de sa part.

» Par contre, il y a de grosses présomptions contre l'homme aux larges épaules, comme disent les journaux.

113

» Alors, l'homme aux larges épaules s'est fait arrêter, dans ces circonstances assez théâtrales. Pour tout le monde, c'est le vrai coupable qui a été bouclé ce soir !

» Il faut renforcer cette opinion. Demain, les gens apprendront que je suis à la prison Saint-Léonard et qu'on espère de très prochains aveux.

— Vous irez réellement en prison ?

— Pourquoi pas ?

M. Delvigne ne pouvait pas se faire à cette idée-là.

— Bien entendu, vous serez libre de vos mouvements...

— Pas du tout ! Je vous demande au contraire de me mettre au régime le plus sévère !

— Vous avez de drôles de méthodes, à Paris !

— Même pas ! Mais, comme je vous l'ai dit, il faut que le ou les coupables se croient hors de danger. Pour autant qu'il y ait un coupable...

Cette fois, le commissaire aux moustaches rousses sursauta.

— Que voulez-vous dire ? Vous ne voulez pas insinuer que Graphopoulos s'est défoncé le crâne d'un coup de matraque, puis qu'il s'est enfermé dans une malle d'osier pour se transporter au Jardin d'Acclimatation ?

Les gros yeux de Maigret étaient tout pleins de naïveté.

— Sait-on jamais ?

Et, tout en bourrant sa pipe :

— Il va être temps que vous me fassiez conduire en prison. Auparavant, il vaudrait peut-être mieux que nous nous mettions d'accord sur certains points. Voulez-vous noter ?...

Il était très simple. Il y avait même de l'humilité dans le ton employé. N'empêche qu'il prenait tout bonnement la direction effective de l'enquête, sans en avoir l'air.

— J'écoute...

— 1° *Lundi, Graphopoulos demande la protection de la police parisienne ;*

2° *Mardi, il essaie de brûler la politesse à l'inspecteur chargé de veiller sur lui ;*

3° *Mercredi, après avoir pris un billet pour Londres, il en prend un pour Berlin et il descend à Liège ;*

4° *Il ne paraît pas connaître la ville et il échoue au* Gai-Moulin, *où il ne fait rien d'extraordinaire ;*

5° *Au moment où je sors en compagnie de la danseuse il y a quatre personnes dans le cabaret : Chabot et Delfosse, cachés dans l'escalier de la cave ; le patron et Victor dans la salle ;*

6° *Quand je reviens, le patron et Victor s'en vont et ferment les portes. Chabot et Delfosse, d'après eux, sont toujours là ;*

7° *Les jeunes gens prétendent qu'ils sortent de la cave un quart d'heure après la fermeture et qu'à ce moment Graphopoulos est mort ;*

8° *Si c'est exact, le crime a pu être commis*

pendant que je faisais un bout de chemin avec la danseuse. Dans ce cas les coupables seraient Génaro et Victor ;

9° Si c'est faux, le crime a pu être commis à ce moment par Delfosse et Chabot eux-mêmes ;

10° Chabot ment peut-être et dans ce cas rien ne prouve que le drame a eu lieu au Gai-Moulin ;

11° L'assassin a pu transporter lui-même le corps, mais il est possible que ce transport ait été assuré par quelqu'un d'autre ;

12° Le lendemain, Adèle est en possession de l'étui à cigarettes, mais elle prétend qu'il lui a été donné par Delfosse ;

13° Les témoignages de Génaro, de la danseuse et de Victor concordent pour réfuter les allégations de Jean Chabot.

Maigret se tut, tira quelques bouffées de sa pipe, et son compagnon leva vers lui des yeux inquiets.

— C'est inouï !... murmura-t-il.

— Qu'est-ce qui est inouï ?

— La complexité de cette affaire, quand on y regarde de près.

Maigret se leva.

— Allons nous coucher ! Les lits sont bons, à Saint-Léonard ?

— C'est vrai que vous voulez aller là-bas...

— A propos, j'aimerais assez avoir la cellule

voisine de celle du gamin. Demain, je vous demanderai sans doute de me confronter avec lui.

— Peut-être aura-t-on retrouvé son ami Delfosse ?

— Cela n'a pas d'importance.

— Vous croyez qu'ils soient définitivement hors de cause ? Le juge ne veut pas entendre parler de les relâcher. Au fait, il faudra bien que je lui dise la vérité à votre sujet...

— Le plus tard possible, voulez-vous ? Qu'est-ce qui se passe à côté ?

— Sûrement les journalistes ! Je vais devoir leur faire une déclaration. Quelle identité dois-je vous donner ?

— Pas d'identité ! Un inconnu ! On n'a trouvé sur moi aucun papier...

Le commissaire Delvigne n'était pas encore tout à fait d'aplomb. Il continuait à observer Maigret à la dérobée, avec une inquiétude teintée d'admiration.

— Je n'y comprends rien !

— Moi non plus !

— C'est à croire que Graphopoulos n'est venu à Liège que pour se faire tuer. Au fait, il est plus que temps que je prévienne sa famille. Je verrai le consul de Grèce, demain matin.

Maigret avait saisi son chapeau melon. Il était prêt à partir.

— Attention de ne pas me traiter avec trop

d'égards devant les journalistes ! recommanda-
t-il.

L'autre ouvrait la porte. Dans le grand bureau
des inspecteurs, on aperçut une demi-douzaine de
reporters qui entouraient un homme que M. Delvigne reconnut.

C'était le gérant de l'*Hôtel Moderne*, qui était
déjà venu l'après-midi. Il parlait avec véhémence
aux journalistes qui prenaient des notes. Soudain
il se retourna, aperçut Maigret, le désigna du
doigt en devenant cramoisi.

— C'est lui ! s'écria-t-il. Il n'y a pas de doute !

— Je sais ! Il vient d'avouer qu'il est descendu
à votre hôtel.

— Et il a avoué aussi qu'il a pris la malle ?

M. Delvigne n'y comprit rien.

— Quelle malle ?

— La malle en osier, parbleu ! Avec les domes-
tiques qu'on a au jour d'aujourd'hui, j'aurais pu
rester longtemps sans m'en apercevoir...

— Expliquez-vous !

— Voilà ! A chaque étage de l'hôtel, il y a,
dans le couloir, une malle en osier qui sert à
mettre le linge sale. Or, tout à l'heure, on est venu
de la blanchisserie et c'est ainsi que je me suis
aperçu qu'il manquait une malle, celle du troisième étage. J'ai questionné la femme de
chambre. Elle prétend qu'elle a cru qu'on avait
enlevé la malle pour la réparer, parce que le cou-
vercle fermait mal...

— Et le linge ?

— C'est le plus fort ! Le linge qu'elle contenait a été retrouvé dans la malle du second.

— Vous êtes sûr que c'est votre malle qui a servi à transporter le cadavre ?

— Je viens de la morgue, où on me l'a montrée.

Il haletait. Il n'en revenait pas encore d'être mêlé d'aussi près à cette histoire.

Mais le plus ému était encore le commissaire Delvigne, qui n'osait même pas se tourner vers Maigret. Il en oublia la présence des journalistes et les termes de leur accord.

— Qu'est-ce que vous dites de cela ?

— Je n'en dis rien, répliqua Maigret imperturbable.

— Remarquez, reprit le gérant de l'*Hôtel Moderne*, qu'il a fort bien pu sortir avec la malle sans être vu. Pour entrer, la nuit, il faut sonner, et le portier donne le cordon sans quitter son lit. Mais pour sortir, il suffit de tourner le bouton.

Un journaliste qui avait des talents de dessinateur faisait un rapide croquis de Maigret, qu'il représentait avec des bajoues et une tête aussi inquiétante que possible.

M. Delvigne se passa la main dans les cheveux, balbutia :

— Rentrez un instant dans mon bureau, voulez-vous ?

Il ne savait où poser son regard. Un reporter lui demandait :

— Il a fait des aveux ?

— Fichez-moi la paix !

Et Maigret disait calmement :

— Je vous préviens que je ne répondrai plus à aucune question...

— Girard ! Faites avancer la voiture !

— Est-ce que je ne dois pas signer ma déclaration ? s'informait le gérant.

— Tout à l'heure...

C'était le désordre. Il n'y avait que Maigret à fumer gravement sa pipe en regardant les personnes présentes les unes après les autres.

— Menottes ? questionna Girard en rentrant.

— Oui... Non... Venez par ici, vous !...

Il avait hâte d'être seul dans la voiture avec le commissaire.

Comme on roulait dans les rues désertes, il questionna, presque suppliant :

— Qu'est-ce que cela veut dire ?

— Quoi ?

— Cette histoire de malle. Cet homme vous accuse, en somme, d'avoir emporté de l'hôtel une malle en osier. La malle dans laquelle on a retrouvé le cadavre !

— C'est bien ce qu'il a eu l'air d'insinuer.

Cet « insinuer » était d'une ironie savoureuse après les affirmations passionnées du gérant.

— C'est vrai ?

Au lieu de répondre, Maigret discuta.

— En somme, cette malle a été emportée par Graphopoulos ou par moi. Si c'est par Grapho-poulos, avouez que c'est extraordinaire ! Un homme qui prend soin de véhiculer son propre cercueil !...

— Excusez-moi... Mais, tout à l'heure, quand vous m'avez décliné votre qualité, je n'ai pas pensé à vous demander... hum !... une preuve de...

Maigret fouilla ses poches. Il tendit bientôt à son compagnon sa médaille de commissaire.

— Oui... Je vous demande pardon... Cette histoire de malle...

Et, soudain courageux, grâce à l'obscurité qui régnait dans la voiture :

— Savez-vous que, même si vous ne m'aviez rien dit, je serais forcé de vous arrêter, après la déclaration précise de cet homme ?

— Bien entendu !

— Vous vous attendiez à cette accusation ?

— Moi ?... Non !

— Et vous croyez que Graphopoulos a emporté lui-même la malle ?

— Je ne crois encore rien !

M. Delvigne, impatienté, le sang aux joues, se tut, s'enfonça dans son coin. Arrivé à la prison, il procéda rapidement aux formalités d'écrou, en évitant de regarder son compagnon en face.

— Le gardien va vous conduire... dit-il en guise d'adieu.

Il devait d'ailleurs en faire aussitôt un cas de conscience. Dans la rue, il se demandait s'il n'avait pas été trop sec à l'égard de son collègue.

— Lui-même m'a demandé de me montrer dur !

Oui, mais pas en tête à tête ! En outre, cela se passait avant la déclaration du gérant de l'*Hôtel Moderne*. Est-ce que Maigret, parce qu'il était de Paris, s'amusait à se payer sa tête ?

— Dans ce cas, tant pis pour lui...

Girard attendait dans le bureau, où il lisait les alinéas dictés par le commissaire Maigret.

— Cela avance ! se félicita-t-il à l'arrivée de son chef.

— Ah ! tu trouves que ça avance, toi !

Et le ton était tel que Girard écarquilla les yeux.

— Mais... cette arrestation... et la malle qui...

— La malle qui... Oui !... Je te conseille d'en parler, de la malle qui... Demande-moi le télégraphe à l'appareil...

Et, quand il eut la communication, il dicta la dépêche suivante :

Direction Police Judiciaire Paris,
Prière envoyer urgence signalement détaillé et si possible fiche dactyloscopique commissaire Maigret.

Sûreté Liège.

— Qu'est-ce que cela veut dire ? osa questionner Girard.

Mal lui en prit. L'autre le regarda férocement.

— Cela ne veut rien dire du tout, tu entends ? Cela veut dire que j'en ai assez de tes questions stupides !... Cela veut dire que j'ai envie qu'on me fiche la paix !... Cela veut dire...

Et, s'apercevant du ridicule de sa colère, il acheva soudain d'un seul mot :

— M... !

Puis il s'enferma dans son bureau, en tête à tête avec les treize points du commissaire Maigret.

8

Chez Jeanne

— Reste tranquille ! dit la grosse fille avec un rire polisson. On va nous voir...

Et elle se leva, se dirigea vers la baie vitrée que voilait un rideau au filet, questionna :

— Tu attends le train de Bruxelles ?

C'était un petit café, derrière la gare des Guillemins. La pièce, assez vaste, était propre, les carreaux clairs du sol lavés à grande eau, les tables vernies avec soin.

— Viens t'asseoir ! murmura l'homme installé devant un demi de bière.

— Tu seras sage ?

Et la femme s'assit, prit la main de l'homme qui traînait sur la banquette, la posa sur la table.

— Tu es voyageur de commerce ?

— A quoi vois-tu ça ?

— A rien... Je ne sais pas... Non ! Si tu ne restes pas tranquille, je vais aller sur le seuil... Dis-moi plutôt ce que tu bois... La même chose ? Pour moi aussi ?...

Ce qui rendait le café équivoque, c'était peut-être sa propreté, l'ordre qui y régnait et un je ne sais quoi qui tenait plutôt du ménage que de l'établissement public.

Le comptoir était minuscule, sans pompe à bière, et derrière c'est à peine s'il y avait une vingtaine de verres sur l'étagère. Sur une table, près de la fenêtre, on voyait un ouvrage de couture et ailleurs un panier de haricots verts dont on avait commencé à retirer les fils.

C'était net. Cela sentait la soupe et non la boisson. On avait l'impression, en entrant, de violer l'intimité d'un ménage.

La femme, qui pouvait avoir trente-cinq ans, était appétissante, avec quelque chose de convenable et de maternel tout ensemble. Elle passait son temps à repousser la main que le client timide posait à chaque instant sur son genou.

— Dans l'alimentation ?...

Tout à coup elle tendit l'oreille. Un escalier conduisait directement de la salle au premier étage. Or, on avait entendu du bruit, là-haut, comme si quelqu'un se levait.

— Tu permets un moment ?

Elle alla écouter, puis gagna un corridor, cria :

— Monsieur Henry !...

Quand elle revint vers le client, celui-ci se montrait inquiet, dérouté, d'autant plus qu'un homme en manches de chemise, sans faux col, arrivait de l'arrière-boutique, s'engageait sans bruit dans l'escalier. On ne vit plus que ses jambes, puis plus rien.

— Qu'est-ce qu'il y a ?

— Rien... Un jeune homme qui était soûl, hier au soir, et qu'on a couché là-haut...

— Et... M. Henry... est votre mari ?...

Elle rit, ce qui secoua sa gorge abondante et molle.

— C'est le patron... Moi, je ne suis que la serveuse... Attention... Je vous jure qu'on va vous voir...

— Pourtant... je voudrais...

— Quoi ?

Et l'homme était tout rouge. Il ne savait plus ce qu'il pouvait ou ne pouvait pas se permettre.

Il regardait sa grasse et fraîche compagne avec des yeux luisants.

— Il n'y a pas moyen d'être un peu seuls ?... chuchota-t-il.

— Tu es fou ?... Pour quoi faire ?... C'est une maison sérieuse, ici...

Elle s'interrompit, écouta à nouveau. Une discussion s'élevait, là-haut. M. Henry répondait d'une voix calme et sèche à quelqu'un qui lui faisait des reproches véhéments.

— Un vrai gamin... expliquait la grosse fille. A faire pitié !... Cela n'a pas vingt ans et cela s'enivre... Avec ça qu'il payait à boire à tout le monde, qu'il faisait le malin et que des tas de types en ont profité...

La porte s'ouvrait, là-haut. Les voix devenaient plus nettes.

— Je vous dis que j'avais des centaines de francs dans mes poches ! glapissait le jeune homme. On me les a volés !... Je veux mon argent...

— Doucement ! Doucement ! Il n'y a pas de voleurs ici ! Si vous n'aviez pas été ivre comme un cochon...

— C'est vous qui m'avez donné à boire...

— Si je donne à boire aux gens, c'est que je les crois assez intelligents pour veiller à leur portefeuille... Et encore ! J'ai dû vous arrêter... C'est vous qui êtes allé chercher des filles sur le trottoir, sous prétexte que la serveuse n'était pas assez gentille avec vous... Et vous vouliez une chambre... Et je ne sais quoi encore...

— Rendez-moi mon argent...

— Je n'ai pas votre argent et si vous continuez à faire du bruit je vais appeler la police...

M. Henry ne se troublait pas le moins du monde. C'était le jeune homme qui se troublait, en descendant l'escalier à reculons, tout en discutant toujours.

Il avait les traits tirés, les yeux cernés, la bouche mauvaise.

— Vous êtes tous des voleurs !

— Répétez-le...

Et M. Henry descendit quelques marches en courant, prit l'autre au collet.

Brusquement, ce fut presque un drame. Le gamin tirait un revolver de sa poche, hurlait :

— Lâchez-moi ou je...

Le voyageur de commerce se colla contre la banquette, serra peureusement le bras de sa voisine qui voulut s'élancer en avant.

Peine perdue. M. Henry, en homme habitué aux rixes, avait donné un coup sec sur l'avant-bras de son adversaire et le revolver tombait des mains de celui-ci.

— Ouvre la porte !... commanda-t-il, haletant quand même, à la femme.

Et, quand ce fut fait, il imprima au gamin un tel élan que celui-ci alla rouler au milieu du trottoir. Puis il ramassa le revolver et le lança vers lui.

— Ces morveux qui viendraient vous injurier chez vous !... Hier, ça faisait le malin et ça montrait son argent au premier venu...

Il remettait de l'ordre dans sa chevelure, jetait un coup d'œil vers la porte, apercevait un uniforme de sergent de ville.

— Vous êtes témoin qu'il m'a menacé, hein ! dit-il au client gêné. D'ailleurs, la police connaît la maison...

Sur le trottoir, René Delfosse, debout, les vêtements salis, claquait des dents de rage et répondait au sergent de ville sans même savoir ce qu'il racontait.

— Vous dites qu'on vous a volé ? D'abord, qui êtes-vous ? Montrez-moi vos papiers... Et à qui appartient cette arme ?...

Un rassemblement de quelques personnes. Des gens qui se penchaient à la portière d'un tramway.

— Et puis ! suivez-moi au commissariat...

En y arrivant, Delfosse eut une telle crise de rage que le policier reçut des coups de pied dans les tibias. Interrogé par le commissaire, il commença par raconter qu'il était français et qu'il était arrivé la veille à Liège.

— C'est dans ce café qu'ils m'ont enivré et qu'ils m'ont dépouillé de tout mon argent...

Mais un agent, dans un coin, l'observait. Il alla parler bas au commissaire. Celui-ci sourit avec satisfaction.

— Ne vous appelez-vous pas plutôt René Delfosse ?

— Cela ne vous regarde pas...

Rarement on avait vu un client aussi rageur. Il en avait la tête toute de travers, la bouche tordue.

— Et l'argent qu'on vous a pris n'était-il pas l'argent volé à une certaine danseuse ?

— Ce n'est pas vrai !

— Tout doux ! Tout doux ! Vous vous expliquerez à la Sûreté ! Qu'on téléphone au commissaire Delvigne pour lui demander ce qu'on doit faire de ce coco-là...

— J'ai faim ! gronda Delfosse avec toujours sa mine d'enfant râleur.

Haussement d'épaules.

— Vous n'avez pas le droit de me laisser sans manger... Je porterai plainte... je...

— Va lui chercher un sandwich à côté...

Delfosse en mangea deux bouchées, lança le reste à terre d'un geste de dégoût.

— Allô !... Oui... Il est ici... Très bien !... Je vous le fais conduire immédiatement... Non... Rien...

Dans la voiture, entre deux agents, Delfosse

commença par garder un silence farouche. Puis, sans qu'on lui eût rien demandé, il murmura :

— Ce n'est quand même pas moi qui ai tué... C'est Chabot...

Ses compagnons ne firent pas attention à lui.

— Mon père se plaindra au gouverneur, qui est un de ses amis... Je n'ai rien fait !... On m'a volé mon portefeuille et, ce midi, le patron du café a voulu me mettre dehors sans un sou...

— Le revolver est pourtant à vous ?

— A lui... Il me menaçait de tirer si je faisais du bruit... Vous n'avez qu'à le demander au client qui était là...

En entrant dans les locaux de la Sûreté, il redressa la tête, tenta de prendre un air important, sûr de lui.

— Ah ! c'est le lascar !... dit un inspecteur en serrant la main de ses collègues et en regardant Delfosse des pieds à la tête. Je vais avertir le patron...

Il revint l'instant d'après, laissa tomber :

— Qu'il attende !...

Et on pouvait lire le dépit, l'inquiétude sur le visage du jeune homme qui refusa la chaise qu'on lui désignait. Il voulut allumer une cigarette. On la lui prit des mains.

— Pas ici...

— Vous fumez bien, vous !

Et il entendit grommeler par l'inspecteur qui s'éloignait quelque chose comme :

— ... un drôle de petit coq de combat...

Autour de lui, on continuait à fumer, à écrire, à compulser des dossiers en échangeant parfois quelques phrases.

Sonnerie électrique. L'inspecteur dit à Delfosse, sans se déranger :

— Vous pouvez entrer chez le chef... La porte du fond...

Le bureau n'était pas grand. L'atmosphère était bleue de fumée et le poêle, qu'on venait d'allumer pour la première fois de l'automne, avait des ronflements puissants à chaque coup de vent.

Le commissaire Delvigne trônait dans son fauteuil. Au fond, près de la fenêtre, à contre-jour, quelqu'un était assis sur une chaise.

— Entrez !... Asseyez-vous...

La silhouette assise se dressait. On devinait, mal éclairé, le pâle visage de Jean Chabot, tourné vers son ami.

Alors Delfosse, sarcastique :

— Qu'est-ce qu'on me veut ?

— Mais rien du tout, jeune homme ! Seulement que vous répondiez à quelques questions...

— Je n'ai rien fait.

— Et je ne vous ai pas encore accusé...

Tourné vers Chabot, René gronda :

— Qu'est-ce qu'il vous a raconté ?... Il a menti, j'en suis sûr...

— Doucement ! Doucement ! Et essayez de répondre à mes questions... Vous, restez assis...

— Mais...

— Je vous dis de rester assis... Et maintenant, mon petit Delfosse, dites-moi ce que vous faisiez chez *Jeanne*...

— On m'a volé...

— Mais encore ?... Vous êtes arrivé là-bas hier après-midi, et vous étiez déjà éméché... Vous avez voulu emmener la serveuse au premier étage et, comme elle refusait, vous êtes allé chercher une femme dans la rue...

— C'est mon droit.

— Vous avez payé à boire à tout le monde... Des heures durant, vous avez été la grande attraction... Jusqu'au moment où, ivre mort, vous avez roulé sous la table. Le patron a eu pitié de vous et est allé vous coucher sur un lit...

— Il m'a volé...

— C'est-à-dire que vous avez distribué à tort et à travers de l'argent qui ne vous appartenait pas... Exactement l'argent pris le matin dans le sac d'Adèle...

— Ce n'est pas vrai !

— Sur cet argent, vous avez commencé par acheter ce revolver... Pour quoi faire ?...

— Parce que j'avais envie d'un revolver !

La mine de Chabot était un spectacle passionnant. Il regardait son ami avec un ahurissement indicible, comme s'il n'eût pu en croire ses oreilles. Il semblait découvrir soudain un autre

Delfosse qui l'effrayait. Il eût voulu intervenir, lui dire de se taire.

— Pourquoi avez-vous volé l'argent d'Adèle ?

— C'est elle qui me l'a donné.

— Elle a déclaré exactement le contraire. Elle vous accuse !

— Elle ment ! C'est elle qui me l'a donné pour prendre des billets de chemin de fer, parce que nous devions partir tous les deux...

On sentait qu'il jetait les phrases pêle-mêle, sans réfléchir, sans se soucier de se contredire.

— Vous allez peut-être nier aussi que vous étiez caché, voilà deux nuits, dans l'escalier de la cave du *Gai-Moulin*...

Chabot se pencha en avant comme pour dire : « Attention ! Il n'y avait pas moyen de nier... Il a bien fallu... »

Mais déjà Delfosse était debout, se tournait vers son camarade, hurlait :

— C'est encore lui qui a raconté cela !... Il a menti ! Il voulait que je reste avec lui !... Je n'ai pas besoin d'argent, moi ! Mon père est riche !... Je n'ai qu'à lui en demander... C'est lui qui a eu l'idée...

— Si bien que vous êtes parti tout de suite ?

— Oui...

— Vous êtes rentré chez vous ?

— Oui...

— Après avoir mangé des pommes frites et des moules rue du Pont-d'Avroy...

— Oui... Je crois...

— Or, c'était en compagnie de Chabot ! Le garçon l'a déclaré !

Chabot se tordait les mains et son regard restait suppliant.

— Je n'ai quand même rien fait ! martela Delfosse.

— Je ne vous ai pas dit que vous aviez fait quelque chose.

— Alors ?

— Alors rien !

Delfosse reprit son souffle, le regard oblique.

— C'est vous qui avez donné le signal pour sortir de la cave ?

— Ce n'est pas vrai.

— En tout cas, c'est vous qui marchiez le premier et qui, le premier, avez aperçu le cadavre...

— Ce n'est pas vrai.

— René !... cria Chabot, qui n'en pouvait plus.

Une fois encore le commissaire le força à se rasseoir, à se taire. Mais il n'en balbutia pas moins, l'instant d'après, comme sans force :

— Je ne comprends pas pourquoi il ment... Nous n'avons pas tué... Nous n'avons même pas eu le temps de voler... Il marchait le premier... Il a frotté une allumette... Moi, j'ai à peine aperçu le Turc... J'ai seulement deviné quelque chose, par terre... Même qu'il m'a dit après qu'il avait un œil ouvert et la bouche...

— Tu m'intéresses ! ironisa Delfosse.

A cet instant, Chabot paraissait cinq ans de moins que son ami, et tellement plus inconsistant ! Il ne savait que penser. Il sentait qu'il ne parvenait pas à convaincre, qu'il était le moins fort.

Et M. Delvigne les regardait tour à tour.

— Mettez-vous d'accord, mes enfants. Effrayés, vous êtes sortis si précipitamment que vous n'avez pas refermé la porte... Vous êtes allés manger des moules et des frites...

Et soudain, regardant Delfosse dans les yeux :

— Dites donc ! Est-ce que vous avez touché au cadavre ?

— Moi ?... Jamais de la vie !...

— Est-ce qu'il y avait une malle d'osier à proximité ?

— Non... Je n'ai rien vu...

— Combien de fois vous est-il arrivé de prendre de l'argent dans le tiroir de votre oncle ?

— C'est Chabot qui a dit ça ?

Et, les poings serrés :

— Sale bête !... Il a le culot... Il invente des histoires !... Parce que, lui, volait l'argent de la « petite caisse » ! Et c'était moi qui lui donnais de quoi rembourser...

— Tais-toi ! supplia Chabot, les mains jointes.

— Tu sais bien que tu mens !

— C'est toi !... Ecoute, René !... L'assassin... est...

— Qu'est-ce que tu dis ?...

135

— Je dis que l'assassin est... est arrêté... Tu...

Delfosse regarda M. Delvigne, questionna d'une voix trouble :

— Que raconte-t-il ?... Le... l'assas...

— Vous n'avez pas lu les journaux ?... Il est vrai que vous cuviez votre vin... Vous allez me dire si vous reconnaissez l'homme qui était ce soir-là au *Gai-Moulin* et qui, le lendemain, vous a suivi dans les rues...

Alors René s'épongea, n'osa plus regarder dans le coin où se trouvait son ami.

La sonnerie retentit dans le bureau voisin. On dut aller chercher Maigret dans une pièce attenante. La porte s'ouvrit. Il entra, conduit par l'inspecteur Girard...

— Plus vite que ça !... Placez-vous dans la lumière, je vous prie... Alors, Delfosse, vous le reconnaissez ?...

— C'est bien lui !

— Vous ne l'aviez jamais vu auparavant ?

— Jamais !

— Et il ne vous a pas adressé la parole ?

— Je ne crois pas...

— Est-ce que, par exemple, quand vous êtes sorti du *Gai-Moulin*, il n'était pas à rôder aux environs ?... Réfléchissez... Faites appel à vos souvenirs...

— Attendez... Oui... Peut-être... Il y avait quelqu'un dans une encoignure et je pense maintenant que c'était peut-être lui...

136

— Peut-être ?...

— Sûrement... Oui...

Debout dans le petit bureau, Maigret était énorme. Or, quand il parla, ce fut une voix presque fluette, très douce, que l'on entendit.

— Vous n'aviez pas de lampe électrique de poche, n'est-ce pas ?...

— Non... Pourquoi ?

— Et vous n'avez pas allumé l'électricité dans la salle... Donc, vous vous êtes contenté de flamber une allumette... Voulez-vous me dire à quelle distance vous étiez du cadavre ?...

— Mais... je ne sais pas...

— A une distance plus grande que d'un mur à l'autre de ce bureau ?...

— A peu près la même chose...

— Donc, à quatre mètres... Et vous étiez ému... C'était votre premier vrai cambriolage... Vous avez aperçu une forme étendue et vous vous êtes dit tout de suite que c'était un cadavre... Vous ne vous êtes pas approché... Vous ne l'avez pas touché... Si bien que vous n'êtes pas sûr que l'homme ne respirait plus... Qui tenait l'allumette ?...

— Moi ! avoua Delfosse.

— Elle a brûlé longtemps ?

— Je l'ai laissée tomber tout de suite...

— Donc, le fameux cadavre n'a été éclairé que pendant quelques secondes ! Vous êtes sûr, Delfosse, d'avoir reconnu Graphopoulos ?

— J'ai vu des cheveux noirs...

Il regarda autour de lui avec étonnement. Il s'apercevait seulement qu'il subissait un véritable interrogatoire et qu'il se laissait manœuvrer. Il gronda :

— Je ne répondrai plus qu'au commissaire !

Celui-ci avait déjà décroché le récepteur téléphonique. Delfosse tressaillit en entendant le numéro qu'il demandait.

— Allô !... C'est M. Delfosse qui est à l'appareil ?... Je désire simplement savoir si vous êtes toujours prêt à verser la caution de cinquante mille francs... J'en ai parlé au juge d'instruction, qui en a référé au Parquet... Oui... Entendu... Non ! ne vous dérangez pas... Il vaut mieux que cela se passe directement...

René Delfosse ne comprenait pas encore. Dans son coin, Jean Chabot ne bougeait pas.

— Vous continuez à prétendre, Delfosse, que c'est Chabot qui a tout fait ?...

— Oui...

— Eh bien ! vous êtes libres... Rentrez chez vous... Votre père m'a promis qu'il ne vous ferait aucun reproche... Un instant !... Vous, Chabot, vous affirmez toujours que c'est Delfosse qui a volé l'argent que vous avez tenté de faire disparaître ?...

— C'est lui... Je...

— Dans ce cas, arrangez-vous avec lui... Filez tous les deux !... Essayez seulement de ne pas faire de scandale et de passer aussi inaperçus que possible...

Maigret avait tiré machinalement sa pipe de sa poche. Mais il ne l'alluma pas. Il regardait les jeunes gens qui, désemparés, ne savaient que faire, que dire. Le commissaire Delvigne dut se lever, les pousser dehors.

— Pas de disputes, hein !... N'oubliez pas que vous restez à la disposition de la Justice...

Ils traversaient à pas rapides le bureau des inspecteurs et déjà à la porte de celui-ci Delfosse se retournait, farouche, vers son camarade, et commençait un discours véhément qu'on n'entendit pas.

Sonnerie de téléphone.

— Allô ! Le commissaire Delvigne ?... Excusez-moi de vous déranger, monsieur le commissaire... Ici, M. Chabot père... Puis-je vous demander s'il y a quelque chose de nouveau ?...

Le commissaire sourit, posa sa pipe en écume sur la table, adressa une œillade à Maigret :

— Delfosse sort d'ici à l'instant, en compagnie de votre fils...

— ...

— Mais oui ! Ils seront sans doute chez vous dans quelques minutes... Allô !.. Permettez-moi de vous conseiller de n'être pas trop sévère.

Il pleuvait. Dans les rues, Chabot et Delfosse

marchaient vite le long des trottoirs, fendant la foule qui ne les connaissait pas. Ce n'était pas une conversation suivie qu'ils avaient. Mais, de cent en cent mètres, l'un d'eux tournait légèrement la tête vers son compagnon, lançait une phrase mordante qui amenait une réplique hargneuse.

Au coin de la rue Puits-en-Soc, ils obliquèrent, l'un vers la droite, l'autre vers la gauche, pour rentrer chacun chez soi.

— Il est libre, monsieur ! On a reconnu qu'il était innocent !

Et M. Chabot sortait de son bureau, attendait le tram 4, montait près du conducteur qui le connaissait depuis des années.

— Attention ! Pas de panne, hein !... Mon fils est libre !... Le commissaire lui-même vient de me téléphoner pour me dire qu'il avait reconnu son erreur...

On ne pouvait pas savoir s'il riait ou s'il pleurait. En tout cas, une buée l'empêchait de voir les rues familières qui défilaient.

— Dire que je serai peut-être chez moi avant lui !... Cela vaudrait mieux, parce que ma femme est capable de mal le recevoir... Il y a des choses que les femmes ne comprennent pas... Est-ce que vous avez cru un seul instant qu'il était coupable, vous ?... Entre nous ?...

Il était attendrissant. Il suppliait le wattman de dire non.

140

— Moi, vous savez...

— Vous aviez bien une opinion...

— Depuis que ma fille a dû se marier avec un propre à rien qui lui avait fait un enfant, je ne crois pas fort à la jeunesse d'aujourd'hui...

Maigret s'était assis dans le fauteuil que Jean Chabot venait de quitter, en face du bureau du commissaire Delvigne, et il avait pris le tabac de celui-ci posé sur la table.

— Vous avez la réponse de Paris ?

— Comment savez-vous ?

— Allons ! vous auriez deviné comme moi... Et cette malle d'osier ? Est-ce qu'on a réussi à établir comment elle est sortie de l'*Hôtel Moderne* ?

— Rien du tout !

M. Delvigne était grognon. Il en voulait à son collègue parisien.

— Entre nous, vous vous payez notre tête, hein ! Avouez que vous savez quelque chose...

— A mon tour de répondre : rien du tout ! Et c'est la vérité ! J'ai à peu près les mêmes éléments d'enquête que vous ! A votre place, j'aurais agi comme vous et j'aurais relâché ces deux gamins ! Par exemple, j'essayerais de savoir ce que Graphopoulos a bien pu voler au *Gai-Moulin*...

— Volé ?

— Ou essayé de voler !

— Lui ?... Le mort ?...

— Ou qui il a bien pu tuer...

— Je ne comprends plus !

— Attendez ! Tuer ou essayé de tuer...

— Vous voyez que vous possédez des renseignements qui me font défaut...

— Si peu ! La principale différence entre nous est que vous venez de passer des heures agitées, à courir d'ici au Parquet, à recevoir des gens et des communications téléphoniques, tandis que j'ai joui de la tranquillité la plus complète dans ma cellule de Saint-Léonard...

— Et vous avez réfléchi à vos treize points ! riposta M. Delvigne, non sans une pointe d'aigreur.

— Pas encore à tous... A quelques-uns...

— Par exemple, à la malle d'osier !

Maigret esquissa un sourire béat.

— Encore ?... Allons ! il vaut mieux que je vous dise tout de suite que cette malle, c'est moi qui l'ai emportée de l'hôtel...

— Vide ?

— Jamais de la vie ! Avec le cadavre dedans !

— Si bien que vous prétendez que le crime... ?

— A été commis à l'*Hôtel Moderne*, dans la chambre de Graphopoulos. Et c'est bien là le plus ennuyeux de l'histoire... Vous n'avez pas d'allumettes ?...

9

L'indicateur

Maigret se cala dans son fauteuil, eut une hésitation, comme c'était son habitude quand il allait commencer une longue explication, chercha le ton le plus simple.

— Vous allez comprendre comme moi et vous ne m'en voudrez plus d'avoir un peu triché. Prenons d'abord la visite de Graphopoulos à la Préfecture de Paris. Il demande la protection de la police. Il ne donne aucune explication. Dès le lendemain, il agit comme s'il regrettait sa démarche.

» La première hypothèse, c'est que c'est un fou, ou un maniaque, un homme que hante l'idée de la persécution...

» La seconde, c'est qu'il se sait vraiment menacé mais qu'à la réflexion il ne se croit pas plus en sûreté sous la garde de la police...

» La troisième, c'est qu'il a eu besoin, à un moment donné, d'être surveillé...

» Je m'explique. Voilà un homme d'âge mûr, jouissant d'une sérieuse fortune et en apparence absolument libre. Il peut prendre l'avion ou le train, descendre dans n'importe quel palace.

» Quelle menace est capable de l'effrayer au

point de le faire recourir à la police ? Une femme jalouse parlant de le tuer ? Je n'en crois rien. Il lui suffit de mettre un certain nombre de kilomètres entre elle et lui.

» Un ennemi personnel ? Un homme comme lui, fils de banquier, est de taille à le faire arrêter !

» Non seulement il a peur à Paris, mais il a peur en train et il a encore peur à Liège...

» D'où je conclus que, contre lui, ce n'est pas un individu qui se dresse, mais une organisation, et une organisation internationale.

» Je répète qu'il est riche. Des bandits en voulant à son argent ne le menaceraient pas de mort et, en tout cas, il se ferait protéger efficacement contre eux en les dénonçant.

» Or, il continue à avoir peur quand la police est sur ses talons...

» Une menace pèse, une menace qui existe dans n'importe quelle ville où il ira, dans n'importe quelles circonstances !

» Exactement comme s'il avait fait partie de quelque société occulte et comme si, l'ayant trahie, il avait été condamnée par elle...

» Une Maffia, par exemple !... Ou un service d'espionnage !... On trouve de nombreux Grecs dans les services d'espionnage... Le 2e Bureau nous dira ce que faisait le père Graphopoulos pendant la guerre...

» Mettons que le fils ait trahi, ou simplement

144

que, lassé, il ait manifesté son intention de reprendre sa liberté. On le menace de mort. On l'avertit que la sentence sera exécutée tôt ou tard. Il vient me trouver, mais dès le lendemain il comprend que cela ne servira de rien et, inquiet, il s'agite comme un fou.

» Le contraire est aussi possible...

— Le contraire ? s'étonna M. Delvigne qui écoutait avec attention. J'avoue que je ne comprends pas.

— Graphopoulos est ce qu'on appelle un fils à papa. Il est désœuvré. Au cours de ses voyages, il s'affilie à une bande quelconque, à une Maffia ou à un organisme d'espionnage, en amateur, en curieux de sensations. Il s'engage à obéir aveuglément à ses chefs. Un jour, on lui ordonne de tuer...

— Et il s'adresse à la police ?

— Suivez-moi bien ! On lui commande par exemple de venir tuer quelqu'un ici, à Liège. Il est à Paris. Nul ne le soupçonne. Il répugne à obéir et, pour éviter de le faire, il s'adresse à la police, se fait suivre par elle. Il téléphone à ses complices qu'il lui est impossible d'accomplir sa tâche étant donné qu'il a des agents sur les talons. Seulement, les complices ne se laissent pas impressionner et lui ordonnent d'agir quand même... C'est la seconde explication... Ou bien l'une des deux est bonne, ou bien notre homme est fou et, s'il est fou, il n'y a aucune raison pour qu'il soit réellement tué !

— C'est troublant ! approuva sans conviction le commissaire Delvigne.

— En résumé, quand il quitte Paris, il vient à Liège pour tuer quelqu'un ou pour se faire tuer.

Et la pipe de Maigret grésillait. Il disait tout cela de sa voix la plus naturelle.

— Au bout du compte, c'est lui qui est tué, mais cela ne prouve rien. Reprenons les événements de la soirée. Il se rend au *Gai-Moulin* et il y passe la soirée en compagnie de la danseuse Adèle. Celle-ci le quitte et m'accompagne dehors. Quand je reviens, le patron et Victor s'en vont. La boîte est vide en apparence. Je crois Graphopoulos parti et je le cherche dans les autres cabarets de la ville...

» A quatre heures du matin, je rentre à l'*Hôtel Moderne*. Avant de regagner ma chambre, j'ai la curiosité d'aller m'assurer que mon Grec n'est pas rentré. L'oreille collée à la porte, je n'entends aucune respiration. J'entrouvre l'huis et je le trouve, tout habillé, au pied de son lit, le crâne défoncé par un coup de matraque.

» Voilà, résumé aussi brièvement que possible, mon point de départ. Le portefeuille a disparu. Dans la chambre, il n'y a pas un papier capable de me renseigner, pas une arme, pas une trace...

Mais le commissaire Maigret n'attendit pas la réponse de son collègue.

— Je vous ai parlé en commençant de Maffia et d'espionnage, en tout cas d'une organisation internationale quelconque, seule capable à mon sens d'être à la base de cette affaire. Le crime est commis avec un art parfait. La matraque a disparu. Il n'y a pas le moindre semblant de piste, la moindre amorce susceptible de donner un sens raisonnable à l'enquête.

» Que celle-ci commence à l'*Hôtel Moderne*, dans les conditions habituelles, et il est à peu près certain qu'elle ne donnera rien !

» Les gens capables d'avoir fait ce coup-là ont pris leurs précautions. Ils ont tout prévu !

» Et, parce que je suis persuadé qu'ils ont tout prévu, je brouille les cartes. Ils ont abandonné le cadavre à l'*Hôtel Moderne* ? Très bien ! je le transporte, moi, dans une malle d'osier, au Jardin d'Acclimatation, avec la complicité d'un chauffeur de taxi qui, entre nous, a accepté de se taire moyennant cent francs, ce qui n'est vraiment pas cher...

» Le lendemain, c'est là qu'on découvre le cadavre. Est-ce que vous imaginez la tête de l'assassin ? Est-ce que vous vous figurez son inquiétude ?

» Et n'y a-t-il pas des chances pour que, dérouté, il commette une imprudence ?

» Je pousse la prudence, moi, jusqu'à rester inconnu de la police locale. Il ne faut pas une seule indiscrétion.

» J'étais au *Gai-Moulin*. Selon toutes probabilités, l'assassin y était aussi. Or, je possède la liste des consommateurs de la nuit et je me renseigne sur eux, en commençant par les deux jeunes gens qui paraissaient bien nerveux.

» Le nombre des coupables possibles est faible : Jean Chabot, René Delfosse, Génaro, Adèle et Victor...

» Au pis aller, un des musiciens ou le deuxième garçon, Joseph. Mais je préfère éliminer d'abord les jeunes gens...

» Et c'est au moment où j'essaie d'en finir avec eux que vous intervenez ! Arrestation de Chabot ! Fuite de Delfosse ! Les journaux qui annoncent que le crime a été commis au *Gai-Moulin* même !

Maigret poussa un grand soupir, changea la position de ses jambes.

— Un instant, j'ai cru que j'avais été roulé ! Il n'y a pas de honte à l'avouer ! Cette assurance de Chabot prétendant que le cadavre était dans le cabaret un quart d'heure après la fermeture...

— Il l'a pourtant vu ! riposta le commissaire Delvigne.

— Pardon ! Il a vu vaguement, à la lueur d'une allumette qui n'a brûlé que quelques secondes, une forme étendue sur le sol. C'est Delfosse qui prétend avoir reconnu un cadavre... Un œil ouvert, l'autre fermé, comme il dit... Mais n'oubliez pas qu'ils sortaient tous les deux d'une cave où ils étaient restés longtemps immobiles, qu'ils avaient peur, que c'était leur premier cambriolage...

» Delfosse a machiné celui-ci. C'est lui qui a entraîné son compagnon. Et c'est lui qui flanche le premier en voyant un corps par terre !

» Un garçon nerveux, maladif, vicieux ! Autrement dit un garçon qui a de l'imagination !

» Il n'a pas touché le corps ! Il ne s'en est pas approché ! Il ne l'a pas éclairé une seconde fois ! Tous les deux se sont enfuis, sans ouvrir le tiroir-caisse...

» Voilà pourquoi je vous ai conseillé de rechercher ce que Graphopoulos venait faire au *Gai-Moulin* après avoir feint d'en sortir...

» Nous ne sommes pas en présence d'un crime passionnel, ni d'un crime crapuleux, ni d'un vol banal. C'est exactement le genre d'affaire que, la plupart du temps, la police n'arrive pas à éclaircir, parce qu'elle se trouve en face de gens trop intelligents et trop bien organisés !

» Et c'est la raison pour laquelle je me suis fait arrêter. Brouiller les cartes toujours ! Faire croire aux coupables qu'ils ne risquent rien, que l'enquête dévie !

» Provoquer ainsi une imprudence...

M. Delvigne ne savait pas encore que penser. Il continuait à regarder Maigret avec ressentiment et sa physionomie était si drôle que celui-ci éclata de rire, prononça sur un ton de cordialité bourrue :

— Allons ! ne me faites pas la tête !... J'ai triché, c'est entendu ! Je ne vous ai pas dit tout de suite ce que je savais !... Ou plutôt je n'ai caché qu'une chose : l'histoire de la malle d'osier... Par contre, il y a un élément que vous possédez et que je ne possède pas...

— Lequel ?

— Peut-être le plus précieux à l'heure actuelle. Au point que c'est pour l'avoir que je vous ai dit tout ce qui précède. La malle a été retrouvée au Jardin d'Acclimatation. Graphopoulos n'avait qu'une carte de visite sur lui sans adresse. Et pourtant, l'après-midi déjà, vous étiez au *Gai-Moulin* et vous saviez que Chabot et Delfosse s'étaient cachés dans l'escalier. Par qui ?

M. Delvigne sourit. C'était son tour de triompher. Au lieu de parler tout de suite, il alluma lentement sa pipe, tassa la cendre du bout de l'index.

— Naturellement, j'ai mes indicateurs... dit-il d'abord.

Et il prit encore un temps, éprouva même le besoin de remuer quelques papiers.

— Je suppose qu'à Paris vous êtes organisé également à ce sujet. En principe, tous les patrons de cabaret me servent d'indicateurs. Moyennant quoi, on ferme les yeux sur certaines petites infractions...

— Si bien que c'est Génaro... ?

— Lui-même !

— Génaro est venu vous dire que Graphopoulos avait passé la soirée dans son établissement ?

— C'est cela !

— Et c'est lui qui a découvert les cendres de cigarette dans l'escalier de la cave ?

— C'est Victor qui lui a fait remarquer ce détail et il m'a prié de venir voir les traces par moi-même...

Maigret se renfrognait à mesure que son collègue reprenait de l'optimisme.

— Cela n'a pas traîné, avouez-le ! poursuivit M. Delvigne. Chabot a été arrêté. Et, sans l'intervention de M. Delfosse, les deux jeunes gens seraient encore en prison. S'ils n'ont pas tué, ce qui n'est pas encore prouvé, ils ont tout au moins tenté de cambrioler l'établissement...

Il observa son interlocuteur, retint mal un sourire ironique.

— Cela a l'air de vous troubler...

— C'est-à-dire que cela ne simplifie rien !

— Qu'est-ce qui ne simplifie rien ?

— La démarche de Génaro.

— Avouez que c'est lui que vous considériez comme l'assassin...

— Pas plus lui qu'un des autres. Et sa démarche, au surplus, ne prouve rien. Tout au plus indiquerait-elle qu'il est très fort.

— Vous voulez rester en prison ?

Maigret jouait avec sa boîte d'allumettes. Il ne se hâtait pas de répondre. Et, quand il parla, il eut l'air de parler pour lui seul.

— Graphopoulos est venu à Liège pour tuer quelqu'un ou pour se faire tuer...

— Ce n'est pas prouvé !

Et Maigret, soudain, avec rage :

— Sales gosses !...

— De qui parlez-vous ?

— De ces gamins qui ont tout abîmé ! A moins...

— A moins... ?

— Rien du tout !

Et il se leva, rageur, arpenta le bureau où, à deux, à force de fumer des pipes, ils avaient rendu l'atmosphère irrespirable.

— Si le cadavre était resté dans la chambre d'hôtel et si on avait pu faire les constatations d'usage, peut-être aurait-on... commença M. Delvigne.

Maigret le regarda férocement.

En réalité, ils étaient d'aussi mauvaise humeur l'un que l'autre et leurs relations s'en ressentaient. Au moindre mot, ils étaient prêts à échanger des aménités et ils n'étaient pas loin de se rendre mutuellement responsables de l'échec de l'enquête.

— Vous n'avez pas de tabac ?

Maigret disait cela comme il eût prononcé : « Vous êtes un imbécile ! »

Et il prit la blague des mains de son collègue, bourra sa pipe.

— Hé ! là ! ne la mettez pas en poche, s'il vous plaît...

Ce fut la détente. Il n'en fallait pas plus. Maigret regarda la blague, puis son interlocuteur à moustaches rousses, essaya en vain de retenir un sourire, haussa les épaules.

Et M. Delvigne sourit aussi. Ils se comprenaient. Ils ne gardaient un air bourru que pour la forme.

Le Belge fut le premier à questionner d'une voix radoucie, qui avouait son embarras :

— Qu'est-ce qu'on va faire ?

— Tout ce que je sais, c'est que Graphopoulos a été tué !

— Dans sa chambre d'hôtel !

C'était la dernière pique !

— Dans sa chambre d'hôtel, oui ! Que ce soit par Génaro, par Victor, par Adèle ou par un des gamins ! Ils n'ont ni l'un ni l'autre le moindre alibi. Génaro et Victor prétendent qu'ils se sont quittés au coin de la rue Haute-Sauvenière et que chacun est rentré chez soi. Adèle affirme qu'elle s'est couchée toute seule ! Chabot et Delfosse ont mangé des moules et des pommes de terre frites...

— Pendant que vous couriez les cabarets !

— Et que vous dormiez !

Le ton confinait maintenant à la plaisanterie.

— La seule indication, grommela Maigret,

c'est que Graphopoulos s'est laissé enfermer au *Gai-Moulin*, pour y voler quelque chose ou pour y tuer quelqu'un. Quand il a entendu du bruit, il a fait le mort, sans se douter qu'il ferait le mort pour de bon une heure plus tard...

Des coups pressés furent frappés à la porte qui s'ouvrit. Un inspecteur entra, annonça :

— C'est M. Chabot qui veut vous dire deux mots. Il demande s'il ne vous dérange pas...

Maigret et Delvigne se regardèrent.

— Faites entrer !

Le comptable était ému. Il ne savait comment tenir son chapeau melon et il hésita en voyant Maigret dans le bureau.

— Je m'excuse de...

— Vous avez quelque chose à me dire ?

Il tombait mal. Ce n'était pas l'heure des politesses.

— C'est-à-dire... Je vous demande pardon... Je voulais vous remercier vivement de...

— Votre fils est chez vous ?

— Il est rentré voilà une heure... Il m'a dit...

— Qu'est-ce qu'il vous a dit ?

C'était à la fois saugrenu et pitoyable. M. Chabot cherchait une contenance. Il était plein de bonne volonté. Mais les questions brutales le désarçonnaient et il finissait par oublier le discours qu'il avait préparé.

Un pauvre discours émouvant, qui fut raté par la faute de l'ambiance.

— Il m'a dit... C'est-à-dire que je voulais vous remercier de la bonté que vous avez eue de... Au fond, ce n'est pas un mauvais garçon... Mais des fréquentations et une certaine faiblesse de caractère... Il a juré... Sa mère est au lit et c'est à son chevet que... Je vous promets, monsieur le commissaire, que désormais il ne... Il est innocent, n'est-ce pas ?...

La gorge du comptable s'étranglait. Mais il faisait un grand effort pour rester calme et digne.

— C'est mon fils unique et je voudrais... J'ai peut-être été trop faible...

— Beaucoup trop faible, oui !

M. Chabot perdit tout à fait contenance. Maigret détourna la tête, parce qu'il sentit que cet homme de quarante ans, aux épaules étriquées, aux moustaches frisées au petit fer, allait se mettre à pleurer.

— Je vous promets, à l'avenir...

Et, ne sachant plus que dire, il bégaya :

— Est-ce que vous croyez que je doive écrire au juge d'instruction pour le remercier ?

— Entendu ! Entendu ! grogna M. Delvigne en le poussant vers la porte. C'est une excellente idée !

Et il ramassa le chapeau melon qui était tombé par terre, le mit dans la main de son propriétaire qui marcha longtemps à reculons.

— Le père Delfosse ne pensera pas à nous remercier, lui ! articula le commissaire Delvigne une fois la porte refermée. Il est vrai qu'il dîne toutes les semaines chez le gouverneur de la province et qu'il est à tu et à toi avec le procureur du roi... Allons !...

Cet « Allons ! » était gros de lassitude et de dégoût, comme le geste par lequel il ramassa tous les papiers épars sur le bureau.

— Qu'est-ce que nous faisons ?

A cette heure, Adèle devait encore dormir, dans sa chambre en désordre, aux odeurs d'alcôve et de cuisine. Au *Gai-Moulin*, c'était le moment où Victor et Joseph allaient paresseusement de table en table, essuyant les marbres, frottant les glaces au blanc d'Espagne.

— Monsieur le commissaire... C'est le rédacteur de la *Gazette de Liège* à qui vous avez promis de...

— Qu'il attende !

Maigret était allé se rasseoir dans un coin, maussade.

— Ce qui est certain, affirma soudain M. Delvigne, c'est que Graphopoulos est mort !

— C'est une idée ! riposta Maigret.

L'autre le regarda, croyant à de l'ironie.

Et Maigret poursuivit :

— Oui ! C'est encore ce qu'il y a de mieux à faire. Combien y a-t-il d'inspecteurs ici en ce moment ?

— Deux ou trois. Pourquoi ?

— Ce bureau ferme à clef ?

156

— Bien entendu !

— Je suppose que vous êtes plus sûr de vos inspecteurs que des gardiens de la prison ?

M. Delvigne ne comprenait toujours pas.

— Eh bien... Donnez-moi votre revolver... N'ayez pas peur... Je vais tirer... Vous sortirez un peu plus tard et vous annoncerez que l'homme aux larges épaules s'est suicidé, ce qui constitue un aveu, et que l'enquête est close...

— Vous voulez... ?

— Attention... Je tire... Surtout, évitez qu'ensuite on vienne me déranger... On peut sortir au besoin par cette fenêtre ?...

— Qu'est-ce que vous voulez faire ?

— Une idée... Compris ?...

Et Maigret tira en l'air, après s'être assis dans un fauteuil, le dos à la porte. Il ne pensa même pas à retirer la pipe de sa bouche. Mais cela n'avait pas d'importance. Comme des gens accouraient des bureaux voisins, M. Delvigne s'interposa, murmura sans conviction :

— Ce n'est rien... L'assassin qui s'est tué... Il a fait des aveux...

Et il sortit, referma la porte à clef, cependant que Maigret se caressait les cheveux à rebrousse-poil d'un air aussi peu réjoui que possible.

— Adèle... Génaro... Victor... Delfosse et Chabot... récita-t-il comme une litanie.

Dans le grand bureau, le reporter de la *Gazette de Liège* prenait des notes.

— Vous dites qu'il a tout avoué ?... Et on n'a pas pu établir son identité ?... Parfait !... Je peux me servir de votre téléphone ?... Il y a l'édition de la Bourse dans une heure...

— Dites donc ! lançait de la porte un inspecteur triomphant. Les pipes sont arrivées !... Quand vous voudrez venir choisir les vôtres !...

Mais le commissaire Delvigne tiraillait ses moustaches sans enthousiasme.

— Tout à l'heure...

— Vous savez ! C'est encore deux francs moins cher que je le croyais.

— Vraiment ?

Et il trahit sa vraie préoccupation en grondant entre ses dents :

— Avec sa Maffia !...

10

Deux hommes dans l'obscurité

— Vous êtes sûr de vos gens ?

— Personne, en tout cas, ne devinera qu'ils sont de la police, pour la bonne raison qu'ils n'en sont pas. Au bar du *Gai-Moulin*, j'ai placé mon beau-frère, qui habite Spa et qui est venu passer deux jours à Liège. C'est un commis des contributions qui surveille Adèle. Les autres sont bien cachés, ou bien camouflés...

La nuit était fraîche et une pluie fine rendait l'asphalte visqueux. Maigret avait boutonné jusqu'au col son lourd pardessus noir et un cachenez était enroulé jusqu'à la moitié de son visage.

Au surplus, il ne se risquait pas en dehors de l'obscurité de la petite rue, d'où on apercevait au loin l'enseigne lumineuse du *Gai-Moulin*.

Le commissaire Delvigne, dont les journaux n'avaient pas eu à annoncer la mort, n'avait pas besoin de prendre tant de précautions. Il n'avait même pas de pardessus et, quand la pluie se mit à tomber, il grommela des doléances indistinctes.

La faction avait commencé à huit heures et demie, alors que les portes du cabaret n'étaient pas encore ouvertes. Successivement on avait vu arriver Victor, bon premier, puis Joseph, puis le patron. Celui-ci avait allumé lui-même l'enseigne au moment où les musiciens débouchaient à leur tour de la rue du Pont-d'Avroy.

A neuf heures précises, on perçut la rumeur confuse du jazz et le petit chasseur prit sa faction à la porte, en comptant les sous qu'il avait dans les poches.

Quelques minutes plus tard, le beau-frère de Delvigne pénétrait dans l'établissement, bientôt suivi par l'employé des contributions.

Et le commissaire résumait ainsi la situation stratégique :

— Outre ces deux-ci et les deux agents postés dans la ruelle pour surveiller la seconde entrée, il y a quelqu'un à la porte d'Adèle, rue de la Régence, un homme à la porte des Delfosse et un autre à celle des Chabot. Enfin la chambre que Graphopoulos occupait à l'*Hôtel Moderne* est surveillée.

Maigret ne dit rien. L'idée était de lui. Les journaux avaient annoncé le suicide de l'assassin de Graphopoulos. Ils laissaient entendre que l'enquête était close et que l'affaire se réduisait à des proportions très quelconques.

— Maintenant, ou bien nous en finirons cette nuit, avait-il dit à son collègue, ou bien il n'y a pas de raison pour qu'on ne patauge pas des mois.

Et il marchait, lent et lourd, de long en large, de large en long, en tirant de petites bouffées de sa pipe, en faisant le gros dos, ne répondant que par des grognements aux essais de conversation de son compagnon.

M. Delvigne, qui n'avait pas son flegme, éprouvait le besoin de parler, ne fût-ce que pour faire passer le temps.

— De quel côté croyez-vous qu'il se passera quelque chose ?

Mais l'autre se contentait de braquer sur lui un regard ahuri qui semblait dire : « A quoi cela vous avance-t-il de remuer tant d'air ? »

Il était un peu moins de dix heures quand Adèle arriva, suivie à distance par une silhouette qui était celle d'un homme de la Sûreté. Il passa près de son chef, lança au vol :

— Rien...

Et il continua à se promener dans les environs. On voyait au loin la rue du Pont-d'Avroy, brillamment éclairée, avec des tramways qui passaient toutes les trois minutes à peine et la foule qui défilait lentement, malgré la pluie.

C'est la promenade traditionnelle des Liégeois. Dans la grande artère, la foule, des familles, des jeunes filles se tenant par le bras, des bandes de jeunes gens dévisageant les passantes et quelques élégants marchant à pas lents, aussi raides que s'ils étaient vêtus d'or.

Dans les petites rues transversales, les cabarets plus ou moins louches, comme le *Gai-Moulin*. Collées aux murs, des ombres. Parfois une femme jaillissant de la lumière, pénétrant dans le noir, s'arrêtant pour attendre un suiveur.

Un bref conciliabule. Quelques pas vers un hôtel désigné par une boule lumineuse en verre dépoli.

— Vous avez vraiment de l'espoir ?

Maigret se contenta de hausser les épaules. Et son regard était si placide qu'il paraissait dénué d'intelligence.

— En tout cas, je ne crois pas qu'il prenne à

Chabot la fantaisie de sortir ce soir. Surtout que sa mère est au lit !

Le commissaire Delvigne n'acceptait pas ce silence obstiné. Il regarda sa nouvelle pipe, qui n'était pas encore culottée.

— Au fait, rappelez-moi donc demain que je dois vous en donner une. Ainsi, vous aurez un souvenir de Liège...

Deux clients entraient au *Gai-Moulin*.

— Un tailleur de la rue Hors-Château et un garagiste ! annonça M. Delvigne. Des habitués, tous les deux ! Des noceurs, comme on dit ici...

Mais quelqu'un sortait et il fallait le regarder avec attention pour le reconnaître. C'était Victor, qui avait troqué ses vêtements de travail contre un complet et un pardessus de ville. Il marchait vite. Un inspecteur le prenait aussitôt en filature.

— Tiens ! Tiens !... sifflait le commissaire Delvigne.

Maigret poussa un grand soupir et lança à son compagnon un regard assassin. Est-ce que, vraiment, le Belge ne pouvait pas se taire pendant quelques minutes ?...

Maigret avait les mains enfoncées dans les poches. Et, sans avoir l'air de rien épier, son regard saisissait les moindres changements dans le décor.

Il fut le premier à apercevoir René Delfosse, avec son cou maigre, sa silhouette d'adolescent mal poussé, qui pénétrait dans la rue, hésitant, changeait deux fois de trottoir et fonçait enfin vers la porte du *Gai-Moulin*.

— Tiens ! Tiens ! répéta M. Delvigne.

— Oui !

— Que voulez-vous dire ?

— Rien !

Si Maigret ne voulait rien dire, il était si intéressé qu'il perdait un peu de son flegme. Il s'avançait, avec même quelque imprudence, car un bec de gaz permettait de distinguer vaguement le haut de son visage.

Cela ne dura pas longtemps. Delfosse resta à peine dix minutes dans le cabaret. Quand il sortit, il marchait vite et il se dirigea sans hésiter vers la rue du Pont-d'Avroy.

Quelques secondes plus tard, le beau-frère de Delvigne sortait à son tour, cherchait quelqu'un des yeux. Il fallut siffler légèrement pour l'appeler.

— Eh bien ?

— Delfosse s'est assis à la table de la danseuse...

— Ensuite ?

— Ils sont allés ensemble au lavabo, puis il est sorti, tandis qu'elle reprenait sa place...

— Adèle avait son sac dans les mains ?

— Oui !... Un petit sac en velours noir...

— Allons !... dit Maigret.

Et il marcha à une allure telle que ses compagnons eurent peine à le suivre.

— Qu'est-ce que je fais ? questionna le beau-frère.

— Vous retournez là-bas, naturellement !

Et le commissaire entraînait M. Delvigne. Rue du Pont-d'Avroy, ils ne purent apercevoir le jeune homme, qui avait cent mètres d'avance sur eux, car la foule était dense. Mais, quand ils arrivèrent au coin de la rue de la Régence, ils devinèrent une silhouette qui courait presque au ras des maisons.

— Tiens ! Tiens !... s'oublia à grommeler à nouveau M. Delvigne.

— Il va chez elle, oui ! précisa Maigret. Il est allé lui demander sa clef...

— Ce qui signifie... ?

Delfosse entrait dans la maison, refermait la porte du corridor, devait s'engager dans l'escalier.

— Qu'est-ce que nous faisons ?

— Un instant... Où est votre agent ?...

Il s'approchait précisément, en se demandant s'il devait parler à son chef ou s'il devait feindre de ne pas le reconnaître.

— Arrive, Girard ! Eh bien ?...

— Il y a cinq minutes, quelqu'un est entré dans la maison. J'ai aperçu des lueurs dans la chambre, comme si on se promenait avec une lampe électrique de poche...

— Allons-y ! dit Maigret.

— Nous entrons ?

— Parbleu !

Pour ouvrir la porte d'entrée, commune à tous les locataires, il suffisait de tourner un bouton, car les maisons belges n'ont pas de concierge.

L'escalier n'était pas éclairé. Aucune lumière ne filtrait de la chambre d'Adèle.

Par contre, dès que Maigret toucha la porte, qui s'entrouvrit, il distingua une rumeur confuse, comme si deux hommes étaient en train de se battre sur le plancher.

M. Delvigne avait déjà tiré son revolver de sa poche, Maigret tâta machinalement le mur, à sa gauche, trouva un commutateur électrique qu'il tourna.

Alors, dans la lumière, on vit un spectacle à la fois comique et tragique.

Deux hommes étaient bien occupés à se battre. Mais la lumière les surprenait en même temps que le bruit et ils s'immobilisaient, encore enlacés. On voyait une main sur une gorge. Des cheveux gris étaient en désordre.

— Qu'on ne bouge pas ! commanda M. Delvigne. Haut les mains !

Il referma la porte derrière lui, sans lâcher son revolver. Et Maigret, avec un soupir de soulagement, retira son cache-nez, ouvrit son manteau, avala une grande gorgée d'air, en homme qui a eu chaud.

— Plus vite que ça !... Haut les mains !...

René Delfosse tomba, parce qu'il voulait se

165

lever et que sa jambe droite était prise sous celle
de Victor.

Le regard de M. Delvigne sembla demander
conseil. Delfosse et le garçon de café, maintenant,
étaient debout, pâles, déconfits, les vêtements en
désordre.

Des deux, c'était le jeune homme le plus ému,
le plus défait, et il ne semblait rien comprendre
à ce qui lui arrivait. Mieux, il regardait Victor
avec stupeur, comme s'il ne se fût pas attendu
du tout à le trouver là.

Avec qui croyait-il donc se battre ?

— Bougeons plus, les enfants ! dit Maigret qui
ouvrait enfin la bouche. La porte est bien fermée,
commissaire ?

Il s'approcha de celui-ci, lui dit quelques mots
à voix basse. Et M. Delvigne, par la fenêtre, fit
signe à l'inspecteur Girard de monter, le rejoi-
gnit sur le palier.

— Autant d'hommes que tu en pourras trouver autour du *Gai-Moulin*. Que personne n'en
sorte ! Par contre, laisse entrer tout qui voudra...

Et il revint dans la chambre où, sur le lit, une
courtepointe blanche évoquait de la crème fouet-
tée.

Victor ne bronchait toujours pas. Il avait une
vraie tête de garçon de café comme les caricatu-
ristes aiment les représenter, des cheveux rares

ramenés d'habitude sur une calvitie, mais présentement ébouriffés, des traits flasques, de gros yeux chassieux.

Il tenait les épaules de travers, comme pour donner moins de prise, et il eût été difficile de déterminer ce que guettait son regard oblique.

— Ce n'est pas votre première arrestation, hein ! lui lança Maigret avec assurance.

Il en était sûr. Cela se reconnaissait du premier coup d'œil. On sentait l'homme qui s'attend depuis longtemps à se trouver face à face avec la police et qui a l'habitude de ces sortes de rencontres.

— Je ne comprends pas ce que vous voulez dire. Adèle m'a demandé de venir lui chercher quelque chose...

— Son bâton de rouge, sans doute ?

— ... J'ai entendu du bruit... Quelqu'un est entré...

— Et vous avez sauté dessus ! Autrement dit, vous cherchiez le bâton de rouge dans l'obscurité. Attention ! Les mains en l'air, s'il vous plaît...

C'étaient des bras mous que les deux hommes levaient vers le plafond. Les mains de Delfosse tremblaient. Il essayait d'essuyer son visage de sa manche, sans oser abaisser un bras.

— Et vous, qu'est-ce qu'Adèle vous a chargé de venir chercher ?

Les dents du jeune homme claquèrent, mais il ne put rien répondre.

— Vous les tenez à l'œil, Delvigne ?

Et Maigret fit le tour de la pièce, où il y avait, sur la table de nuit, les restes d'une côtelette, des miettes de pain et une bouteille de bière entamée. Il se pencha pour regarder sous le lit, haussa les épaules, ouvrit un placard qui ne contenait que des robes, du linge et de vieilles chaussures aux talons tournés.

Alors, il remarqua une chaise placée près de la garde-robe, monta dessus, passa la main sur le dessus du meuble et en retira une serviette de cuir noir.

— Et voilà ! dit-il en redescendant. C'est le bâton de rouge, Victor ?

— Je ne sais pas ce que vous voulez dire !

— Enfin, c'est bien l'objet que vous veniez chercher ?

— Je n'ai jamais vu cette serviette.

— Tant pis pour vous ! Et vous, Delfosse ?

— Je... je jure...

Il oublia le revolver braqué sur lui, se jeta sur le lit, tête première, et éclata en sanglots convulsifs.

— Alors, mon petit Victor, on ne veut rien dire ? Même pas pourquoi on était en train de se colleter avec ce jeune homme ?

Et Maigret posait par terre l'assiette sale, le

verre et la bouteille qui se trouvaient sur la table de nuit, mettait la serviette à leur place, l'ouvrait.

— Des papiers qui ne nous regardent pas, Delvigne ! Il faudra remettre tout ça au 2ᵉ Bureau... Tenez ! Voici les bleus d'un nouveau fusil-mitrailleur fabriqué à la F.N. de Herstal... Quant à ceci, cela ressemble aux plans de réaménagement d'un fort... Hum !... Des lettres en langage chiffré, qu'il faudra faire étudier par des spécialistes...

Dans l'âtre, sur une grille, grésillaient les restes d'un feu de boulets. Soudain, au moment où on s'y attendait le moins, Victor se précipita vers la table de nuit, saisit les papiers.

Maigret devait avoir prévu son geste car, alors que le commissaire Delvigne hésitait à tirer, il lança son poing en plein visage du garçon qui chancela, sans avoir le temps de jeter les documents dans le feu.

Les feuillets s'éparpillèrent. Victor, de ses deux mains, tenait sa joue gauche qui avait rougi brusquement.

Ce fut rapide. Et pourtant Delfosse faillit en profiter pour s'enfuir. En un clin d'œil, il eut quitté le lit et il allait passer derrière M. Delvigne quand celui-ci s'en aperçut, l'arrêta de sa jambe déployée.

— Et maintenant ?... questionna Maigret.

— Je ne dirai quand même rien, gronda un Victor rageur.

— Je t'ai demandé quelque chose ?

— Je n'ai pas tué Graphopoulos...

— Et après ?

— Vous êtes une brute ! Mon avocat...

— Tiens ! Tiens ! tu as déjà un avocat ?...

Le commissaire Delvigne, lui, observait le gamin et, suivant la direction de son regard, en arriva au-dessus de la garde-robe.

— Je crois qu'il y a encore quelque chose ! dit-il.

— C'est probable ! répliqua Maigret en montant à nouveau sur la chaise.

Sa main dut tâtonner longtemps. Enfin, elle ramena un portefeuille en cuir bleu qu'il ouvrit.

— Le portefeuille de Graphopoulos ! annonça-t-il. Trente billets de mille francs français... Des papiers... Tiens ! une adresse, sur un bout de papier : *Gai-Moulin, rue du Pot-d'Or...* Et, d'une autre écriture : *Personne ne couche dans l'immeuble...*

Maigret ne s'occupait plus de personne. Il suivait son idée, examinait une lettre en langage chiffré, comptait certains signes.

— Un... deux... trois... onze... douze !... Un mot de douze lettres... C'est-à-dire : Graphopoulos... C'est dans la serviette...

Des pas dans l'escalier. Des coups nerveux frappés à la porte. Le visage animé de l'inspecteur Girard.

— Le *Gai-Moulin* est cerné. Personne ne sortira. Mais...

» C'est M. Delfosse, qui y est arrivé il y a quelques instants et qui a réclamé son fils... Il a pris Adèle à part... Oui, il est sorti... J'ai cru bien faire en le laissant passer et en le suivant... Quand j'ai vu qu'il venait ici, j'ai pris de l'avance... Tenez !... Le voilà dans l'escalier...

Et, en effet, quelqu'un trébuchait, marchait sur le palier en tâtant les portes, frappait enfin.

Maigret ouvrit lui-même, s'inclina devant l'homme aux moustaches grises qui lui lança un regard hautain.

— Est-ce que mon fils... ?

Il l'aperçut, en piteuse posture, fit claquer ses doigts, articula :

— Allons ! A la maison !...

Cela faillit dégénérer. René regardait tout le monde avec épouvante, se raccrochait à la courtepointe, claquait des dents de plus belle.

— Un instant ! intervint Maigret. Voulez-vous vous asseoir, monsieur Delfosse ?

Celui-ci examina les lieux avec un certain dégoût.

— Vous avez à me parler ? Qui êtes-vous ?...

— Peu importe ! Le commissaire Delvigne vous le dira en temps voulu. Quand votre fils est rentré chez vous, vous lui avez fait une scène ?

— Je l'ai enfermé dans sa chambre en lui disant d'attendre ma décision.

— Et quelle était cette décision ?

— Je ne sais pas encore. Sans doute l'envoyer à l'étranger faire un stage dans une banque ou dans une maison de commerce. Il est temps qu'il apprenne à vivre.

— Non, monsieur Delfosse...

— Que voulez-vous dire ?

— Je veux dire simplement qu'il est trop tard. Votre fils, dans la nuit de mercredi à jeudi, a tué M. Graphopoulos pour le voler...

Maigret arrêta de la main la canne à pomme d'or qui allait s'abattre sur lui. Et, d'une poigne rude, il la tourna de telle sorte que son propriétaire dut la lâcher avec un soupir de douleur. Alors il l'examina tranquillement, la soupesa, laissa tomber :

— Et je suis presque sûr que le crime a été commis avec cette canne !

La bouche ouverte par un spasme, René essayait de hurler et n'émettait pourtant aucun son. Il n'était plus qu'un tas de nerfs, qu'un être pitoyable étranglé par la peur.

— J'espère que vous allez vous expliquer ! lui lança néanmoins M. Delfosse. Et vous, mon cher commissaire, je vous prie de croire que je transmettrai à mon ami le procureur...

Maigret se tourna vers l'inspecteur Girard.

— Allez me chercher Adèle... Prenez une voiture... Amenez aussi Génaro...

172

— Je crois que... commença M. Delfosse en s'approchant de Maigret.

— Oui ! Oui !... fit celui-ci comme on calme un enfant.

Et il marcha. Il marcha sans fin pendant les sept minutes qui furent nécessaires à l'accomplissement de son ordre.

Un ronronnement de moteur. Des pas dans l'escalier. La voix de Génaro qui protestait :

— Vous vous arrangerez avec mon consul... C'est inouï !... Un commerçant patenté qui... Alors qu'il y a cinquante clients chez moi !...

Quand il entra, son regard alla chercher Victor et sembla l'interroger.

Victor fut magnifique.

— Nous sommes frits ! dit-il simplement.

La danseuse, elle, à demi nue sous sa robe qui soulignait ses formes, contemplait son logis et baissait les épaules avec fatalisme.

— Répondez simplement à ma question. Est-ce qu'au cours de la soirée Graphopoulos vous a demandé de le rejoindre dans sa chambre ?...

— Je n'y suis pas allée !

— Donc, il vous l'a demandé ! Donc, il vous a dit qu'il couchait à l'*Hôtel Moderne*, chambre 18...

Elle baissa la tête.

— Chabot et Delfosse, installés à une table

proche, ont pu entendre. A quelle heure Delfosse est-il arrivé ici ?

— Je...

— A quelle heure ?

— Je dormais ! Peut-être cinq heures du matin...

— Qu'est-ce qu'il a dit ?

— Il m'a proposé de m'en aller avec lui... Il voulait prendre le bateau pour l'Amérique... Il m'a dit qu'il était riche...

— Vous avez refusé ?...

— J'étais endormie... Je lui ai dit de se coucher... Mais ce n'est pas ce qu'il voulait... Alors je lui ai demandé, tant il était nerveux, s'il avait fait un mauvais coup...

— Qu'est-ce qu'il a répondu ?...

— Il m'a suppliée de cacher un portefeuille dans ma chambre !

— Et vous lui avez désigné l'armoire, où il y avait déjà une serviette...

Elle haussa à nouveau les épaules, soupira :

— Tant pis pour eux...

— C'est bien cela ?

Pas de réponse. M. Delfosse écrasait les assistants d'un regard de défi.

— Je serais curieux de savoir... commença-t-il.

— Vous allez savoir tout de suite, monsieur Delfosse. Je ne vous demande plus qu'un instant de patience...

C'était pour bourrer une pipe !

174

11

Le débutant

— Parlons d'abord de Paris ! Graphopoulos qui vient demander la protection de la police et qui, le lendemain, essaie de semer l'inspecteur qu'on a attaché à sa personne. Vous vous souvenez de ce que je vous ai dit, Delvigne ?

» Ces histoires de Maffia et d'espionnage... Eh bien ! il s'agit d'une affaire d'espionnage. Graphopoulos est riche, désœuvré. L'aventure le tente, comme elle tente tant de gens de son espèce.

» Au cours de ses voyages, il rencontre un agent secret quelconque et il lui fait part de son désir de mener, lui aussi, une existence d'imprévu et de mystère...

» Agent secret ! Deux mots qui font rêver tant d'imbéciles !

» Ils se figurent que le métier consiste... Mais peu importe ! Graphopoulos tient à son idée. L'agent à qui il s'adresse n'a pas le droit de repousser une offre qui peut être intéressante...

» Ce que le public ignore, c'est qu'il y a auparavant des épreuves à subir... L'homme est intelligent, fortuné ; il voyage... Avant tout, il faut savoir s'il possède du sang-froid et de la discrétion...

» On lui donne une première mission : se rendre à Liège et voler des documents dans un cabaret de nuit...

» C'est le moyen de s'assurer de l'état de ses nerfs. La mission est fausse. On l'envoie tout simplement chez d'autres agents du même service, qui jugeront des qualités de notre homme...

» Et Graphopoulos est effrayé ! Il s'est imaginé l'espionnage sous une autre forme ! Il s'est vu dans les palaces, interrogeant les ambassadeurs, ou invité dans les petites cours d'Europe...

» Il n'ose pas refuser. Mais il demande à la police de le surveiller. Il prévient son chef qu'il est suivi...

» — Un inspecteur est sur mes talons ! Je suppose que, dans ce cas, je ne dois pas aller à Liège...

» — Allez-y quand même !

» Et le voilà affolé ! Il tente d'échapper à la surveillance qu'il a voulue. Il retient une place dans l'avion de Londres, prend un billet pour Berlin, débarque à la gare des Guillemins...

» Le *Gai-Moulin* !... C'est ici qu'il doit opérer... Il ignore que le patron est de la bande, qu'il est averti, qu'il ne s'agit que d'une épreuve et

176

qu'au surplus il n'y a pas un seul document à voler dans le cabaret...

» Une danseuse s'assied à sa table... Il lui donne rendez-vous pour la fin de la nuit dans sa chambre car, avant tout, c'est un jouisseur... Comme il arrive presque toujours, le risque émoustille sa sensualité... Enfin il ne sera pas seul !... En acompte, il lui abandonne son étui à cigarettes qu'elle admire...

» Il observe les gens. Il ne sait rien. Ou plutôt il ne sait qu'une chose : c'est que tout à l'heure il devra s'arranger pour se faire enfermer dans le local et pour rechercher les documents qui lui sont demandés...

» Génaro, prévenu, l'épie avec le sourire... Victor, *qui en est,* est obséquieux et ironique en lui servant le champagne...

» Quelqu'un, par hasard, a entendu l'adresse donnée à Adèle.

» — *Hôtel Moderne... Chambre 18...*

» Et il nous faut passer à une autre histoire !

Maigret regarde M. Delfosse, et lui seul.

— Vous voudrez bien m'excuser de parler de vous. Vous êtes riche. Vous avez une femme, un fils et des maîtresses. Vous menez joyeuse vie sans vous douter que le gamin, mal portant, trop nerveux, essaie, dans sa petite sphère, de vous imiter.

» Il voit l'argent dépensé en abondance autour

de lui. Vous lui en donnez, trop et pas assez tout ensemble.

» Depuis des années, il vous vole et il vole même ses oncles par surcroît !

» En votre absence, il roule dans votre auto. Il a des maîtresses, lui aussi. Bref, c'est dans toute l'acception du mot le fils à papa dégénéré.

» Non ! ne protestez pas... Attendez...

» Il a besoin d'un ami, d'un confident... Il entraîne Chabot dans son sillage... Un jour, ils sont à la corde... Ils ont des dettes partout... Et ils décident d'emporter la caisse du *Gai-Moulin*...

» C'est le soir de Graphopoulos... Delfosse et Chabot se cachent dans l'escalier de la cave alors qu'on les croit partis... Est-ce que Génaro l'ignore ?... Peu importe, mais j'en doute !

» Il est, lui, le type du bon agent secret. Il tient un cabaret. Il paie patente, comme il l'a dit tout à l'heure. Il a des sous-agents qui travaillent pour lui ! Il se sent d'autant plus en sécurité qu'il sert d'indicateur à la police...

» Et il sait que Graphopoulos va se cacher dans le cabaret. Il ferme les portes. Il s'en va avec Victor. Le lendemain, il lui suffira d'adresser un rapport à ses chefs sur la façon dont le Grec se sera comporté...

» Vous voyez que c'est assez compliqué... On pourrait appeler cette nuit-là la nuit des dupes...

» Graphopoulos a bu du champagne pour se donner du courage. Le voilà seul, dans l'obscu-

178

rité du *Gai-Moulin*... Il lui reste à chercher les documents qu'on exige de lui...

» Mais il n'a pas encore bougé qu'une porte s'ouvre. Une allumette craque...

» Il est effrayé. N'était-il pas effrayé d'avance ?... Il n'a pas le courage d'attaquer... Il aime mieux faire le mort...

» Et il voit ses ennemis... Deux jeunes gens qui ont plus peur que lui et qui s'enfuient !...

Personne ne bouge. Personne ne semble respirer. Les visages sont tendus et Maigret continue, placide :

— Graphopoulos, resté seul, s'obstine à chercher les documents que ses nouveaux chefs lui ont commandés... Chabot et Delfosse, bouleversés, mangent des moules et des frites, se quittent dans la rue...

» Mais un souvenir hante Delfosse... *Hôtel Moderne, chambre 18*... Ces mots qu'il a entendus. Or, l'étranger paraissait riche... Et, lui, il a un besoin maladif d'argent... Entrer dans un hôtel, la nuit, c'est un jeu d'enfant... La clef de la chambre doit être au tableau... Et puisque Graphopoulos est mort ! Puisqu'il ne remettra pas les pieds chez lui !...

» Il y va. Le portier endormi ne songe pas à l'interroger. Il arrive là-haut, fouille la mallette du voyageur...

» Des pas dans le couloir... La porte qui s'ouvre...

179

» Et Graphopoulos lui-même !... Graphopoulos qui devrait être mort !...

» Delfosse a tellement peur que, sans réfléchir, il frappe de toutes ses forces, dans l'ombre, avec sa canne, avec la canne à pomme d'or de son père qu'il a emportée ce soir-là, comme cela lui arrive souvent...

» Il est affolé, presque irresponsable... Il prend le portefeuille... Il s'enfuit...

» Peut-être, sous un réverbère, s'assure-t-il du contenu... Il s'aperçoit qu'il y a des dizaines de mille francs et l'idée lui vient de partir avec Adèle, qu'il a toujours désirée.

» La grande vie, à l'étranger !... La grande vie avec une femme !... Comme un homme véritable !... Comme son père !...

» Mais Adèle dort... Adèle ne veut pas partir... Il cache le portefeuille chez elle, parce qu'il a peur... Il ne se doute pas qu'à la même place, depuis des mois, sans doute depuis des années, Génaro et Victor mettent en sûreté les documents du service d'espionnage...

» Car elle en est ! Ils en sont tous !

» Delfosse n'a gardé sur lui que les billets belges, deux mille francs environ, trouvés dans le portefeuille... Le reste, c'est-à-dire l'argent français, est trop compromettant !

» Le lendemain, il lit les journaux... La victime, *sa* victime, a été découverte, non à l'hôtel, mais au Jardin d'Acclimatation.

» Il ne comprend plus... Il vit dans la fièvre... Il rejoint Chabot... Il l'entraîne avec lui... Il feint de voler son oncle pour expliquer les deux mille francs qu'il a sur lui...

» Il faut se débarrasser de cet argent... Il en charge Chabot... Il est lâche... Pis que lâche : son cas relève de la pathologie... Au fond de lui-même, il en veut à son ami de ne pas partager sa culpabilité... Il voudrait le compromettre, sans oser rien faire de précis pour cela...

» Ne lui en a-t-il pas toujours voulu ?... Une envie, une haine assez complexes... Chabot est propre, ou du moins l'était... Et lui est rongé par des tas de besoins troubles... C'est l'explication de cette amitié étrange, et de ce besoin que Delfosse a toujours eu d'être accompagné de son camarade.

» Il allait le relancer chez lui... Il ne pouvait pas rester seul... Et il mêlait l'autre à ses compromissions, à ses petits vols familiaux que la Justice n'a pas à juger...

» Chabot ne revient pas du lavabo... Chabot est arrêté... Il ne se met pas à sa recherche... Il boit... Et il a besoin de quelqu'un pour boire avec lui... Il y a une chose qu'il ne peut pas supporter : la solitude...

» Ivre, il rentre avec la danseuse, s'endort... Au petit jour, il s'effraie de sa situation... Sans doute voit-il l'inspecteur posté dans la rue...

» Il n'ose pas toucher à l'argent de Graphopoulos qui est sur le meuble... Il ne reste que des billets français, trop facilement identifiables... Il préfère voler sa compagne...

» Ce qu'il espère ?... Rien !... Et tout ce qu'il fera désormais sera dans la suite logique des choses...

» Il devine confusément qu'il n'échappera pas à la Justice... D'autre part, il n'ose pas se rendre...

» Demandez au commissaire Delvigne où la police va chercher — et où elle trouve neuf fois sur dix ! — les malfaiteurs de cette espèce !

» Dans les mauvais lieux... Il lui faut de la boisson, du bruit, des femmes... Il entre quelque part, près de la gare... Il veut emmener la serveuse... A son défaut, il va chercher une fille dans la rue... Il paie à boire... Il montre ses billets, les distribue... Il est frénétique...

» Quand on l'arrête, il ment, maladivement ! Il ment sans espoir ! Il ment pour mentir, comme certains enfants vicieux !

» Il est prêt à raconter n'importe quoi, à donner des détails... Et c'est encore un trait de caractère qui suffit à le classer...

» Mais on lui dit que l'assassin est arrêté... C'est moi !... On le relâche... Il apprend un peu plus tard que l'assassin s'est tué après avoir fait des aveux...

» Devine-t-il le piège ?... Vaguement... Quelque chose le pousse, en tout cas, à supprimer les preuves de sa responsabilité... Et c'est pourquoi

182

j'ai joué cette comédie qui a pu paraître enfantine...

» Il y avait deux moyens de pousser Delfosse aux aveux : celui que j'ai employé, ou alors le laisser seul, des heures durant, tout seul dans l'obscurité dont il a aussi peur que de la solitude...

» Il se serait mis à trembler... Il aurait avoué tout ce qu'on aurait voulu, même plus que la vérité...

» Je le sais coupable, moi, depuis le moment où il a été prouvé que les deux mille francs n'ont pas été volés à la chocolaterie... Dès lors, tous ses faits et gestes n'ont fait que renforcer mon opinion...

» Un cas banal, malgré sa morbidesse et sa complexité apparentes.

» Mais il me restait quelque chose à comprendre : l'autre cas, le cas Graphopoulos... Par conséquent, il restait aussi d'autres coupables...

» L'annonce de la mort de l'assassin, de ma mort, les a tous fait sortir du nid...

» Delfosse vient chercher le portefeuille compromettant...

» Victor vient chercher...

Maigret fit lentement des yeux le tour de l'assistance.

— Depuis combien de temps, Adèle, Génaro se sert-il de votre logement pour y cacher ses papiers dangereux ?

Elle haussa les épaules avec indifférence, en

femme qui s'attend depuis longtemps à une catastrophe.

— Il y a des années ! C'est lui qui m'a fait venir de Paris, où je crevais de faim...

— Vous avouez, Génaro ?

— Je ne répondrai qu'en présence de mon avocat.

— Vous aussi ?... Comme Victor ?...

M. Delfosse ne disait rien, tenait la tête basse, le regard rivé à sa canne, cette canne qui avait tué Graphopoulos.

— Mon fils n'est pas responsable... murmurat-il soudain.

— Je sais !

Et, comme l'autre le regardait, troublé et gêné tout ensemble :

— Vous allez me confier qu'il a hérité de vous certaines tares susceptibles d'atténuer sa responsabilité et...

— Qui vous l'a dit ?

— Voyez donc votre tête et la sienne dans la glace !

Et ce fut tout ! Trois mois plus tard, Maigret était chez lui, à Paris, boulevard Richard-Lenoir, et dépouillait le courrier que la concierge venait de monter.

— Des lettres intéressantes ? questionna

Mme Maigret tout en secouant une carpette à la fenêtre.

— Une carte de ta sœur, qui annonce qu'elle va avoir un bébé...

— Encore !

— Une lettre de Belgique...

— Qu'est-ce que c'est ?

— Rien d'intéressant. Un ami, le commissaire Delvigne, qui m'envoie une pipe par colis postal et qui m'annonce des condamnations...

Il lut à mi-voix :

— ... *Génaro à cinq ans de travaux forcés, Victor à trois ans et la fille Adèle, faute de preuves formelles, remise en liberté...*

— Quels sont ces gens-là ?... fit Mme Maigret qui, femme d'un commissaire de la Police Judiciaire, n'en avait pas moins gardé toute sa candeur de vraie fille de la campagne française.

— Pas intéressants ! Des types qui tenaient un cabaret, à Liège, un cabaret où il n'y avait pas de clients, mais où on faisait activement de l'espionnage...

— Et la fille Adèle ?

— La danseuse de l'établissement... Comme toutes les danseuses...

— Tu l'as connue ?

Et il y eut soudain de la jalousie dans la voix de Mme Maigret.

— Je suis allé chez elle, une fois !

— Tiens ! Tiens !...

— Voilà que tu parles comme M. Delvigne lui-même ! Je suis allé chez elle, mais en compagnie d'une bonne demi-douzaine de personnes.

— Elle est jolie ?

— Pas mal ! Des petits jeunes gens en étaient fous.

— Rien que des petits jeunes gens ?...

Maigret fit sauter une autre enveloppe, au timbre belge.

— Voilà justement la photographie de l'un d'entre eux, dit-il.

Et il tendit le portrait d'un jeune homme dont les épaules étroites paraissaient plus étroites encore sous l'uniforme. Comme fond, la cheminée d'un paquebot.

... et je me permets de vous adresser la photographie de mon fils qui a quitté Anvers cette semaine à bord de l'Elisabethville à destination du Congo. J'espère que la vie rude des colonies...

— Qui est-ce ?

— Un des petits amoureux d'Adèle !

— Il a fait quelque chose ?

— Il a bu des verres de porto dans une boîte de nuit où il aurait mieux fait de ne jamais mettre les pieds.

— Et il était son amant ?

— Jamais de la vie ! Tout au plus, une fois,

186

l'a-t-il regardée comme elle était en train de s'habiller...

Alors Mme Maigret conclut :

— Les hommes sont tous les mêmes !

En dessous du tas de lettres, il y avait un faire-part bordé de noir que Maigret ne montra pas.

Ce jour, en la clinique Sainte-Rosalie, est décédé, dans sa dix-huitième année, René-Joseph-Arthur Delfosse, muni des sacrements de...

La clinique Sainte-Rosalie, à Liège, est l'établissement qui reçoit les riches malades du cerveau.

Au-dessous de la feuille, trois mots :

Priez pour lui.

Et Maigret évoqua M. Delfosse père, avec sa femme, son usine, ses maîtresses.

Puis Graphopoulos qui avait voulu jouer à l'espion, parce qu'il n'avait rien à faire et qu'il les imaginait prestigieux, comme on les décrit dans les romans.

Huit jours plus tard, dans une boîte de Montmartre, une femme lui sourit, devant un verre vide que la direction de l'établissement plaçait sur la table pour la forme.

C'était Adèle.

— Je vous jure que je ne savais même pas au juste ce qu'ils fricotaient... Il faut bien vivre, n'est-ce pas ?...

Et, naturellement, elle était prête à *fricoter* à nouveau !

— J'ai reçu une photographie du petit... Vous savez... Celui qui était employé quelque part...

Et de son sac blanc de poudre elle tirait un portrait. Le même qu'avait reçu Maigret ! Un grand garçon pas encore formé que l'uniforme amaigrissait et qui s'essayait pour la première fois à porter d'un air crâne le casque colonial !

On devait en montrer un troisième exemplaire, rue de la Loi, aux locataires de la maison, à l'étudiante polonaise et à M. Bogdanowski.

— Il a déjà l'air d'un homme, n'est-ce pas ?... Pourvu qu'il résiste aux fièvres !...

Et d'autres jeunes gens, au *Gai-Moulin*, avec un autre propriétaire !

Composition réalisée par JOUVE

IMPRIMÉ EN ESPAGNE PAR LIBERDUPLEX
Barcelone
Dépôt légal éditeur : 44598 - 05/2004
Édition 01
Librairie Générale Française - 43, quai de Grenelle - 75015 Paris.
ISBN : 2 - 253 - 14254 - 9